UN
MAN

JOANNA DAVIES

Gomer

Diolch i Elinor Wyn Reynolds
a'r criw yn Gomer

Cyhoeddwyd yn 2015 gan
Wasg Gomer, Llandysul, Ceredigion SA44 4JL
www.gomer.co.uk

ISBN 978-1-84851-866-7

Cyhoeddir gyda chymorth ariannol
Cyngor Llyfrau Cymru.

Argraffwyd a rhwymwyd yng Nghymru gan
Wasg Gomer, Llandysul, Ceredigion.

Er cof am
James McLaren 1978–2012

4 Ebrill 2012

Edrychodd Erin ar ei horiawr Casio – ddylen nhw fod yn saff nawr. Roedd hi wedi sicrhau nad oedden nhw wedi gadael y dafarn yn rhy gynnar, ac felly fe ddylen nhw fod wedi osgoi'r gyrrwr meddw gan ei bod hi'n gwybod bod y ddamwain wedi digwydd am hanner nos ar ei ben.

Erbyn hyn roedd hi'n tynnu am ddau o'r gloch y bore a theimlai Erin y gallai ymlacio. Gyrrai'n ofalus fel hen ficer ar ei ffordd i wasanaeth, gan feddwl na allai dim byd fynd o'i le bellach, roedd hi wedi gofalu am bob dim. Ond pam roedd hi dal i deimlo mor anesmwyth? Roedd hi wedi ymchwilio i ddigwyddiadau'r noson hon mor ofalus nes ei bod hi'n gyfarwydd â phob un manylyn ac yn gwybod amdanyn nhw cystal ag roedd hi'n gwybod ei manylion personol ei hun. Gwyddai fod y gyrrwr meddw wedi gadael y dafarn am chwarter i ddeuddeg ac wedi dod i gwrdd â char Morgan am hanner nos ... dyna pryd ddigwyddodd y gwrthdrawiad. Doedd dim dadlau â'r ffeithiau hynny a doedd dim modd i unrhyw elfen gyfnewidiol, neu *variable* fel bydden nhw'n ei ddweud yn y ffilmiau *time travel*, ddinistrio'i chynlluniau.

'Oi! Ti ddim yn dechre difaru dweud "ie" wrtha i, wyt ti?' Gwenodd Morgan arni'n chwareus. Trodd Erin i'w wynebu am eiliad a gwenu yn ôl, 'Byth. 'Wy jyst yn canolbwyntio ar yr hewl, 'na i gyd.'

'Wy'n lico dy weld di yn sedd y gyrrwr,' meddai Morgan a chusanu'i boch yn ysgafn.

'Ha! Well i ti gyfarwyddo 'da hwnna, Mogs. Pan fyddwch chi'n briod, Erin fydd y bòs, cofia!' Prociodd Lisa ei hysgwydd yn ddireidus a gwenodd Erin yn falch. Bu heno'n noson wych. Noson ei pharti pen-blwydd a hefyd, yn ddigon annisgwyl, noson ei pharti dyweddïo yn y dafarn lle gwnaethon nhw gwrdd gyntaf. Roedd Morgan wedi trefnu bod ei hoff gacen, cacen siocled, yn cael ei chyflwyno iddi gyda seremoni fawr. Ar yr olwg gyntaf, edrychai fel cacen ben-blwydd draddodiadol gyda neges hyfryd arni mewn sgrifen eisin porffor, ei hoff liw – 'I fy annwyl Erin', a llu o ganhwyllau arian yn gylch arni. Ond yng nghanol y gacen roedd modrwy ddyweddïo brydferth yn llechu – un *art deco* emrallt a diemwnt. 'Modrwy ddyweddïo Mam-gu oedd hi ... Ti ddim yn meddwl ei bod hi'n henffasiwn wyt ti?'

'Henffasiwn? Na, ma'r steil 'ma wastad mewn ffasiwn. Mae mor ... brydferth.' Cusanodd Erin Morgan yn falch a theimlodd y dagrau'n cronni yn ei llygaid. Ond onid Lisa, chwaer Morgan, ddylai gael y fodrwy pan fyddai hi'n dyweddïo? Doedd Erin ddim eisiau digio ei darpar chwaer yng nghyfraith. Ar ôl derbyn y fodrwy trodd yn betrus at Lisa. 'Lis, ti'n siŵr nad wyt *ti* ishe hon? Wedi'r cwbl, modrwy dy fam-gu di yw hi hefyd. Bydde fe'n fwy addas petaet ti'n ei chadw hi.' Yn ddwfn yn ei chalon gobeithiai na fyddai Lisa yn dweud ei bod hi eisiau'r fodrwy gan ei bod wedi ffoli arni.

'Na, na, modrwy Mam fydda i'n ei chael. Ma'n enw i ar honno!' meddai Lisa gan ei chofleidio'n falch. Yna trodd Lisa at Rhodri, ei chariad ers tri mis, oedd wedi gwelwi ychydig wrth glywed y gair 'dyweddïo' yn llithro mor rhwydd o enau Lisa.

'Paid poeni Rhods. Ma 'da ti gwpwl o flynyddoedd cyn wynebu'r fodrwy yna!' Cusanodd Lisa fe ar ei wefusau'n llawn nwyd powld. Teimlodd Erin ryddhad wrth weld nad oedd Lisa eisiau'r fodrwy. Wrth gwrs, byddai modrwy ei mam yn apelio'n fwy at Lisa; roedd hi a Morgan wedi bod yn agos iawn ati a bu ei cholli i ganser y fron bum mlynedd yn ôl yn ergyd hynod greulon.

Er ei bod hi'n ceisio canolbwyntio ar yr heol, roedd Erin wrth ei bodd yn ail-fyw digwyddiadau'r noson yn ei phen. Methai gredu ei lwc ei bod hi wedi llwyddo i fachu'r fath sbesimen perffaith o ddyn. Roedd Morgan yn olygus, wrth gwrs ei fod e; roedd e'n dal a thywyll ei wedd, gyda mop o wallt cyrliog, trwchus ar ei ben. Atgoffai Erin o'r actor Americanaidd Mark Ruffalo oedd yn actio yn un o'i hoff ffilmiau cawslyd hi, *13 Going on 30*, â'i wên swil a'i ffordd rwydd o fod gyda phobol. Roedd e'n sensitif, yn cŵl, yn garwr tanbaid ... Carai ffilmiau a cherddoriaeth ... Doedd dim byd yn bod arno fe. Wel, dim ond un peth ...

Daeth pwl o gryndod dros ei chorff wrth iddi gofio beth oedd yn y fantol. Cydiodd Erin yn dynn yn yr olwyn lywio a gadawodd ei hewinedd pinc olion yn y plastig. Pam ddiawl nad oedd y gwregysau diogelwch yn gweithio yn y car yma? O leia wedyn gallai deimlo chydig yn saffach. Ond yn 1982 doedd neb ond *wimps* yn meddwl am wisgo gwregysau yn y car. A 'ta p'un, yn 1982 hen Volvo oedd gan Morgan, ac roedd hwnnw'n ddeng mlwydd oed o leia. Gallai deimlo'i chalon yn curo'n ddireol wrth iddi wynebu tro siarp cyn agosáu at Bont y Brenin. Cadw dy cŵl, Erin ... Ti ddim yn bell o adre nawr ...

'Beth y'ch chi'ch dau'n neud fory?' holodd Lisa.

'Edrych ar ei gilydd yn sopi fel dau lo, siŵr o fod, cyn sgipio drwy gae yn llawn rhosys, weden i.' Chwarddodd Rhodri a drachtio'n hir o'i gan cwrw yn y sedd gefn.

'Wel, ma 'da ni'n bywydau cyfan o'n blaenau ni i wneud llygaid llo ar ein gilydd,' meddai Morgan. 'Wy'n meddwl bydde fe'n neis cael picnic yn y parc, os y'ch chi ffansi dod eich dau.'

'Dibynnu shwd fydd yr *hangover* fory! Mwy na thebyg bydda i'n codi am hanner dydd ac yn mynd yn syth i'r Embassy am frecwast mawr.' Cyneuodd Lisa sbliff arall a thynnu'r mwg yn ddwfn i'w hysgyfaint. Pasiodd y sbliff at Morgan a thynnodd hwnnw'n ddwfn arni a gadael i'r mwg lithro'n lledrithiol drwyddo cyn estyn draw a'i chynnig i Erin.

'Well i fi beidio, 'wy ishe canolbwyntio ar yr heol,' meddai Erin yn ysgafn, gan obeithio nad oedd e'n sylwi ar ei dwylo oedd fel crafangau cranc yn gafael yn yr olwyn lywio.

'Wel 'sdim enaid byw ar yr heol, Erin fach. Cymra beth.' Canai Lisa'n llon, 'Mae heno'n noson i ddathlu!'

Cydiodd Erin yn y sbliff. Popeth yn iawn, roedd hi wedi sicrhau na fydden nhw'n dod ar draws y diawl meddw yna ar yr heol heno … Roedden nhw bron â bod adre. Jyst croesi'r bont ac mi fydden nhw'n saff. Ond wrth iddi smygu'r sbliff, daeth goleuadau llachar o nunlle i'w dallu.

'Erin!' gwaeddodd Morgan yn ei hochr wrth iddi golli rheolaeth ar y car. Sgrialodd y teiars wrth iddi geisio osgoi'r goleuadau. Ond roedd hi'n rhy hwyr. Doedden nhw ddim ar yr heol mwyach. Roedd y car yn yr awyr!

'Erin! Erin!' clywai hi Morgan yn gweiddi drachefn.

Sgrechiodd Lisa a Rhodri fel dau fanshi a cheisiodd Erin droi'r olwyn â'i holl nerth. Ond roedd hi'n rhy hwyr i hynny. Daeth y dŵr yn flanced ddu i'w gorchuddio, crynodd y car drwyddo gyda'r ergyd wrth iddo daro'r dŵr a phlymio i mewn i'r afon. Trodd Erin at Morgan ond roedd e'n ddiymadferth erbyn hyn a gwaed yn llifo o archoll ddofn ar ei ben. O Dduw ... Doedd e ddim? Doedd e ddim!

Cyn iddi gael cyfle i wneud dim pellach, teimlodd Erin y dŵr yn cripian i fyny ei chorff, yn rhyfeddol o oer, a'i llethu. Ceisiodd symud o'i sedd ond sylweddolodd yn sydyn ei bod hi wedi torri ei choes, neu wedi'i niweidio'n arw gan fod y boen yn arteithiol pan geisiodd ddod allan o sedd y gyrrwr. Ond roedd yn rhaid iddi drio symud. Dyma'r eiliad dyngedfennol pan oedd bywydau pawb yn y fantol a hynny o'i hachos hi. Ceisiodd agor y ffenest er mwyn mynd ati i dynnu pawb allan. Fe ffeindiai hi'r nerth o rywle ... On'd oedd yna straeon yn y newyddion yn ddyddiol am bobol yn dod o hyd i ryw nerth gwyrthiol o rywle mewn argyfwng?

Ond roedd gormod o ddŵr yn pwyso ar y car iddi fedru agor modfedd ar y ffenest. Trodd at Lisa a Rhodri, gan obeithio falle y gallen nhw agor eu ffenestri hwythau. Ond roedden nhw hefyd yn anymwybodol. Rhaid bod Lisa wedi taro'i phen yn erbyn sedd y gyrrwr – roedd ganddi gwt dwfn ar ei thalcen ac roedd Rhodri'n edrych fel petai e'n cysgu'n braf; doedd dim gwaed o gwbl ar ei gorff ...

'Morgan!' sgrechiodd Erin gan ysgwyd ei fraich yn ffyrnig. Disgynnodd pen Morgan fel doli glwt yn llipa ar ei hysgwydd. Ond roedd agor ei cheg i weiddi yn gamgymeriad ofnadwy oherwydd llyncodd gegaid o ddŵr brwnt o'r afon. Teimlodd Erin ofn mwyaf ei bywyd yn cydio'n llwyr ynddi, a meddwl: ai dyma sut mae gwallgofrwydd yn teimlo? Synhwyrodd Erin y gwlybaniaeth oer yn llenwi ei hysgyfaint. Ai fel hyn roedd popeth am orffen?

Rhan 1

BYW

Pennod 1

4 Ebrill 2012

Damo! Roedd dau hen fwlsyn yn eistedd ar ei mainc hi. *Typical*! Roedd Erin yn greadur oedd yn hoffi rhigolau cyfarwydd bywyd ac ailadrodd yr un hen arferion yn feunyddiol. Bob awr ginio, os oedd y tywydd yn caniatáu, byddai'n dod i eistedd yn y parc ger yr Amgueddfa Genedlaethol i fwyta'i chinio.

Ei hoff fainc oedd yr un a wynebai'r Amgueddfa, am ei bod hi ychydig ymhellach oddi wrth y meinciau eraill heb fod yn rhy agos at y caban coffi a ddenai lu o blant swnllyd a'u rhieni maldodus. Roedd modd eistedd ar ei mainc hi a chael ychydig o heddwch i fwyta'i brechdanau ham a chaws Emmental heb orfod edrych ar unrhyw ddieithryn *random* yn cnoi ei ginio fel hwch mewn swêds.

Ond heddiw roedd hen gwpwl oedrannus yn eistedd ar ei mainc 'hi', a doedd ganddi ddim dewis ond eistedd ar yr unig fainc rydd draw i'r chwith ohoni. Gwenodd y cwpwl arni'n serchus a rhoddodd Erin hanner gwên yn ôl. Blincin *coffin dodgers*! Pam na fasen nhw wedi eistedd yno yn y bore neu wedi aros tan yn hwyrach yn y prynhawn? Roedd ganddyn nhw drwy'r dydd i ymlacio – dim ond amser cinio roedd hi'n ei gael yn rhydd o'r gwaith!

Agorodd ei bocs brechdanau'n anfodlon a dechrau bwyta fel anifail rheibus. Yffach, roedd hi eisiau bwyd heddi. Teimlodd ei ffôn symudol yn crynu yn ei phoced. Tynnodd e allan yn anfodlon. Dim ond tecst oddi wrth Wil oedd e.

Gweithio'n hwyr heno –
fedri di hôl pizza o'r siop i fi? X

Roedd hi'n eitha balch o gael noson fach i'w hunan gartre. Roedd Erin a Wil wedi bod yn gariadon ers chwe blynedd bellach ac wedi bod yn cyd-fyw ers tair. Roedden nhw mewn chydig o ryt mewn gwirionedd. Wedi'r cwbl, roedd hi'n wyth ar hugain nawr ac roedd hi'n amser iddi ddechrau meddwl am briodi a setlo i lawr. Doedd Wil ddim mewn unrhyw frys. A bod yn onest allai hi ddim dychmygu'r ddau ohonyn nhw'n ŵr a gwraig ac yn byw gyda'i gilydd am weddill eu hoes ... Roedd Wil yn 'fachgen solet' fel byddai ei mam yn ei ddisgrifio, yn drydanwr oedd yn ennill cyflog da. Ond doedd e ddim yn ei chyffroi hi. Ei syniad e o noson fawr oedd mynd am gyrri ar Heol y Ddinas ac yna cael cwpwl o beints yn y Goat Major yn ganol y dre. Ond roedd e'n ddibynadwy ac yn ffyddlon ... Chwarddodd wrth feddwl am y disgrifiad hwnnw. Roedd hi'n gwneud iddo fe swnio fel ci Labrador.

Agorodd becyn o greision a dechrau eu bwyta. Ond doedd dim llonydd i'w gael. Daeth hen wreigan gefngrwm at ei mainc hi ac edrych yn chwilfrydig arni.

'Oes ots 'da chi 'mod i'n eistedd i lawr am funud fach, cariad? Mae'r hen goesau 'ma'n flinedig iawn!'

O blydi hel, beth oedd hi heddiw, diwrnod pensiwn neu beth? Roedd yr hen bobol ma'n bla, fel gwybed. Teimlodd Erin fymryn yn euog yn meddwl fel hyn wrth iddi gofio'i mam-gu garedig.

Gwenodd ar yr hen wraig yn siriol a dweud yn serchog, 'Na, dim problem. Steddwch.' Trodd at ei ffôn symudol yn syth ac edrych ar Twitter gan obeithio na fyddai'r hen wraig yn siarad mwy, ond roedd hi'n amlwg yn ffansïo sgwrs.

'Diwrnod braf heddi on'd yw hi, 'mach i? Mae'r haf wedi cyrraedd yn gynnar er, ma 'na frathiad yn yr awel o hyd.' Gwenodd yr hen wraig ar Erin gan setlo'n iawn ar y fainc a thynnu ei sgarff patrwm llewpart yn dynn am ei gwddf.

'Ydy, mae'n hyfryd,' mwmialodd Erin a throi hi 'nôl at ei ffôn drachefn. Reit, roedd hi wedi siarad ychydig; falle byddai'n cael llonydd nawr. Ond na, roedd yr hen wraig yn dal i siarad.

''Wy wrth 'y modd gyda'r parc 'ma ... Mae'r blodau mor hyfryd, yn enwedig y *geraniums* ... Trueni bo' nhw ddim yn byw am fwy nag un tymor ...' meddai hi'n athronyddol wrth dynnu bagiad o loshin Mintoes o'i bag. Cynigiodd hithau loshinen i Erin a dderbyniodd un yn lletchwith.

'Wy wastad yn meddwl am hanes y pwr-dabs ar y meinciau 'ma ...' Aeth yr hen wraig yn ei blaen wrth dynnu'r papur yn ofalus oddi ar loshinen a'i rhoi yn ei cheg yn fodlon, ei minlliw pinc yn sgleiniog gan siwgr.

'Sori, dwi ddim yn deall,' meddai Erin, bron heb sylwi ei bod wedi ymateb iddi. Beth oedd hi'n ei ddweud nawr? O diawl, gobeithio bod yr hen wraig ddim yn dioddef o *dementia* neu rywbeth ac wedi dianc o gartref hen bobol yn rhywle. Roedd hi'n gorfod bod 'nôl yn y gwaith mewn chwarter awr a doedd dim amser ganddi i fod yn Samariad Trugarog heddiw.

'Yr enwau ar y placiau ar y meinciau 'ma,' esboniodd yr hen wraig gan bwyntio'i bys yn grynedig at y plac pres ar gefn y fainc. Roedd y plac wedi colli'i sglein dros y blynyddoedd a darllenodd Erin y geiriau heb ddangos llawer o ddiddordeb ynddyn nhw:

Er cof am Morgan Harries, 1954–1982
Mab, brawd a ffrind annwyl
Cwsg yn dawel.

'Wyth ar hugain oed,' ochneidiodd ei chydymaith oedrannus gan ysgwyd ei phen yn drist.

''Run oed â fi...' murmurodd Erin yn dawel gan feddwl tybed sut y bu'r bachgen farw – damwain, mae'n rhaid, neu ganser.

'Dwi wedi dweud wrth y plant 'co 'mod i ishe mainc fach goffa er cof amdana inne, a'r gŵr hefyd. Ma nhw'n eitha drud – rhyw wyth can punt – ond dwi wedi rhoi 'bach o arian naill ochr i dalu amdani. Parc y Rhath fydd hi, rhywbeth i gofio amdanon ni, pan ddaw'r amser, yntife?'

'Ma hwnna'n swnio'n neis iawn,' atebodd Erin yn lletchwith, yn ansicr beth ddylai ei ddweud go iawn. Doedd hi ddim yn hoffi meddwl am farwolaeth, na meinciau coffa chwaith. Roedd hi'n byw nawr, a nawr roedd yn rhaid iddi fynd yn ôl i'r gwaith. Cododd ar ei thraed a gwenu'n boléit ar yr hen wraig. 'Wela i chi eto rywbryd.'

Gwenodd yr hen wraig arni a thynnu cylchgrawn *Woman's Own* allan o'i bag. 'Ie, wela i chi eto, 'mach i.'

Y noson honno setlodd Erin ei phen ar y gobennydd yn ddiolchgar a dechrau darllen *11/22/63*, nofel *sci-fi* newydd gan Stephen King, wedi'i gosod yn amser JFK. Roedd Wil wedi mynd allan i'r dafarn gyda'r bois ac roedd hi'n neis cael ychydig o dawelwch. Cafodd fàth hyfryd gyda stwff costus o'r Body Shop – lafant a magnolia – i'w helpu i ymlacio. Ac yn wir, roedd y stwff wedi gwneud ei waith. Darllenodd gwpwl o dudalennau ond gallai deimlo'i llygaid yn trymhau a chyn pen deng munud roedd hi wedi syrthio i gysgu.

'Beth gymrwch chi, 'mach i?' holodd y ddynes y tu ôl y bar. Roedd hi'n smygu sigarét ac roedd mwg llwyd lledrithiol yn chwyrlïo o'i hamgylch. Syllodd Erin arni'n syn. Sut roedd hi'n cael smygu yn y dafarn? Edrychai'r ddynes, oedd yn tynnu at ei hanner cant o leia, yn eithriadol o debyg i gymeriad Bet Lynch, gynt o *Coronation Street*, gyda'i gwallt perocseid wedi'i osod mewn twr o gyrls ffansi ar ei phen. Gwisgai ffrog dynn, patrwm llewpart, ac roedd ei bronnau mawr yn brwydro'n flysiog i ddianc o'r bodis. Roedd ei hwyneb rhychiog yn drwch o golur a'i hamrannau wedi'u paentio'n las llachar. Roedd ei minlliw'n fflach o binc candi-fflos ac yn cyd-fynd yn berffaith â'r clustlysau mawr siâp pinafal a hongiai fel parti oddi ar ei chlustiau. Wrth iddi smygu, agorai'r papur o amgylch loshinen Mintoes a gwyliodd Erin hi'n cnoi'r loshinen ac yn smygu 'run pryd yn grefftus a rhwydd; roedd Erin fel petai wedi'i hypnoteiddio ganddi.

Yn y cefndir gallai Erin glywed y gân enwog o'r wyth degau cynnar, 'Don't You Want Me' gan Human League. Dechreuodd ei llaw guro'r amser i'r gân ar y bar.

'Ymm, fodca a Red Bull plis.'

Syllodd y fenyw arni mewn penbleth, 'Fodca a penbwl? Be ddiawl yw hwnnw? Ma 'da fi lemonêd, tonic neu Coke.'

Dim Red Bull? Pa fath o le oedd y dafarn 'ma? Edrychodd Erin o'i chwmpas a sylwi ar y celfi henffasiwn a'r posteri ar y muriau. Darllenodd un ohonyn nhw:

HAPPY HOUR
2 pints for 73p
two shorts for 80p.

'Be chi moyn 'te?' holodd Bet Lynch, yn ddiamynedd y tro hwn.

'Sori, lemonêd, plis.'

'Iâ a lemwn?'

'Ie, plis.'

Tywalltodd y ddynes y fodca a'r lemonêd i'r gwydr a'i osod o'i blaen hi. 'Wyth deg ceiniog, plis.' Wyth deg ceiniog? Doedd Erin ddim yn credu pa mor rhad oedd y lle 'ma! Gimic, mae'n rhaid; un o'r tafarndai thema 'ma – fel y bar Reflex yna yn y dre. Taci!

'Ie, o's 'na broblem 'da'r pris?' Culhaodd llygaid Bet yn holltau mileinig wrth iddi aros am ei harian.

'Na, rhesymol iawn,' atebodd Erin gan dalu'n gyflym rhag digio brenhines y dafarn ymhellach.

Wrth iddi symud o'r bar, trodd ei phigwrn yn ei hesgid stileto ... Stileto? Pam yn y byd o'dd hi'n gwisgo stiletos?! Simsanodd a baglu gan ddisgyn yn drwm ar ddyn oedd yn aros yn amyneddgar wrth y bar. 'Aw! Sori!' Gwingodd Erin wrth i'r boen yn ei phigwrn gyrraedd ei hymennydd. Roedd hwnna'n brifo! Teimlodd freichiau cryfion y dyn yn ei dal yn ddidrafferth.

'Dim problem. Y'ch chi'n iawn?' holodd y dyn.

Cydiodd yn ei braich i'w helpu i sadio a sefyll ar ei thraed.

'W! Awtsh! Wedi brifo 'mhigwrn,' atebodd Erin wrth iddi geisio stopio'r dagrau rhag llifo. Roedd hi'n gymaint o fabi pan oedd hi'n cael dolur. *Get a grip!*

'Ma'r sgidie stiletos 'na'n beryg bywyd. Well i chi eistedd i lawr am funud,' meddai'r dyn yn garedig a'i harwain tuag at fwrdd gwag gerllaw.

'Odyn, glei, dwi byth yn eu gwisgo nhw fel arfer, a dwi byth am eu gwisgo nhw eto!' chwarddodd Erin yn wanllyd.

'Syniad da,' cytunodd y dyn.

Wrth i'r boen ddechrau cilio, edrychodd Erin yn fanylach ar ei hachubwr. Ew, roedd e'n bishyn a hanner – ddim yn annhebyg i'r anghymarol Mark Ruffalo, ond yn dipyn iau wrth gwrs. Edrychai fel pe bai tua'r un oed â hi, ychydig yn hŷn o bosib. Roedd e'n rhyw chwe throedfedd o daldra a chanddo drwch o wallt tywyll, cyrliog; llygaid brown treiddgar, gwên hynod o ciwt a phantiau deniadol yn ei fochau pan oedd e'n gwenu. Gwisgai grys siec glas a llwyd a phâr o jîns Levi's. Trueni ei bod hi wedi gwneud cymaint o ffŵl o'i hunan yn baglu yn y sgidiau sili yna. Ond pam roedd hi'n gwisgo stiletos yn y lle cyntaf? Merch treinyrs a sgidiau fflat oedd hi bob amser. Yn 5' 9" doedd dim angen sodlau uchel arni a doedd hi ddim yn ferch ddigon gosgeiddig i wisgo'r fath greadigaethau beth bynnag. Sylwodd wedyn ar ei gwisg. Roedd hi'n gwisgo *jumpsuit* denim! Beth? Ac o amgylch ei chanol roedd gwregys trwchus pinc, gwallgof o lachar. Roedd rhywbeth rhyfedd iawn wedi digwydd iddi.

'Ti'n iawn?' holodd y dyn eto, ei lygaid prydferth yn syllu arni'n llawn consýrn.

'Odw, sori. Meddwl bod angen anaesthetig arna i!' Taflodd Erin ei fodca i lawr ei chorn gwddf yn un llowciad.

'Syniad da. Licet ti un arall?' holodd y pishyn.

'Fi ddyle brynu hwn i chi, am ddisgyn arnoch chi,' meddai Erin yn eitha bloesg.

'Morgan ... Galw fi'n Morgan, a llai o'r "chi" 'ma, plis!' Ysgydwodd ei ben arni gan ffugio'i dwrdio hi. Twriodd Erin am ei phwrs arian yn ei bag, a oedd, sylwodd, yn lledr ffug a'r un mor mor binc â'i gwregys.

'Na, na, dyw'r ferch ddim yn talu,' dwrdiodd Morgan hi'n chwareus eto. 'Nawr beth alla i gael i ti ...?' Oedodd, yn amlwg yn aros iddi ddweud ei henw.

'Erin ... Wel, os wyt ti'n mynnu, Morgan. Ga i fodca a lemonêd, plis.'

'Iawn ... Erin.' Gwenodd arni a chodi ar ei draed ac anelu am y bar.

Gwyliodd Erin e'n mynd a sylwi ar ei ysgwyddau llydan a'i freichiau cyhyrog. Wow! Doedd hi erioed wedi ffansïo dyn cymaint yn ei byw o'r blaen. Teimlai'n rhyfedd o benysgafn. Ac yn fwy na hynny, roedd yr atyniad yn amlwg i'r ddau ohonyn nhw. Gwyddai y dylai deimlo'n euog oherwydd Wil, ond fedrai hi ddim, wedi'r cwbl, dim ond fflyrtio roedd hi. Byddai'n cael drinc bach nawr 'da Morgan ac yna byddai'n mynd adre fel merch dda.

Wrth iddi aros i Morgan ddychwelyd, parhaodd Erin i rwbio'i ffêr. Roedd lwmpyn eitha sylweddol yn codi yno'n barod. Aw, byddai 'na glais pert 'na fory. Daliodd i rwbio ac edrych o'i chwmpas yn chwilfrydig. Na, doedd y dafarn yma ddim yn un chwaethus o gwbl. Yn wir, ymdebygai i dafarn y Nag's Head yn y *sit-com*, *Only Fools and Horses*. Roedd popeth naill ai'n frown neu'n lliw gwin coch. Roedd y papur wal yn eitha rhyfedd hefyd – brown a phinc â darluniau o Pierrot y clown arno. Doedd y dafarn ddim yn llawn ond er hyn roedd cwmwl o fwg sigaréts yn hongian yn isel dros bobman. Gwisgai bawb ddillad nodweddiadol o'r wythdegau a jiawch, roedd un dyn wedi'i wisgo fel y bachan Boy George 'na hyd yn oed – brenin, neu frenhines, yr wythdegau – y Boy George o'i ddyddiau gyda Culture Club. Ocê, roedd Erin yn dechrau sylweddoli nawr mai breuddwyd oedd hyn i gyd. O ffyc! Wrth gwrs! Dylai hi fod wedi deall nad oedd cwrdd â'r fath bishyn â Morgan yn mynd i fod yn bosib mewn bywyd go iawn.

Ond doedd hi ddim eisiau deffro, roedd hi'n mwynhau'r freuddwyd yma ormod. Ceisiodd ymlacio yn ei sedd rhag torri'r swyn, a sylwodd ar bapur dyddiol oedd wedi'i adael ar ei bwrdd. Diolch byth am yr hen *Sun* meddyliodd, rhywbeth na fyddai erioed wedi dychmygu ei ddweud yn ei bywyd go iawn. Oedd, roedd yna ferch niwmatig ar y clawr â phâr o fronnau anferthol yn gwisgo bicini bychan coch – ei thin yn llenwi hanner tudalen – yn gwenu'n gawslyd arni o'r dudalen flaen:

Stunner Sophie shows off her ass-ets
on today's Page 3!

Edrychodd Erin ar y dyddiad: 4 Rhagfyr 1981. Tair blynedd cyn iddi hi gael ei geni.

Pam roedd hi'n breuddwydio am 1981? Duw a ŵyr, ond roedd hi'n mwynhau'r profiad. Nawr, ble roedd y pishyn 'na? Gobeithio nad oedd e wedi dianc i'r ether ac, yn nhraddodiad swreal breuddwydion, y byddai'n dibennu'n rhannu diod gyda Boris Johnson neu rywun *random* arall fel ei hen ewythr Ted. Na, dyna fe wrth y bar. Roedd e newydd gael eu diodydd ac yn cerdded yn ôl tuag ati gyda gwên. Gan fod Erin yn gwybod nawr mai breuddwyd oedd y cyfan, roedd ganddi rwydd hynt i fflyrtio fel y diawl, nagoedd e? Wedi'r cwbl, doedd bod yn anffyddlon ddim yn cyfri mewn breuddwyd, doedd posib?

'Dyma ti, fodca a lemonêd.' Gosododd Morgan y ddiod o'i blaen hi. 'Ond cofia, ma sbesial 'da nhw heno ar Babycham, taset ti am newid dy feddwl,' chwarddodd.

Cydiodd Erin yn y gwydr ac am hanner eiliad annisgwyl, cyffyrddodd eu dwylo â'i gilydd. Cymerodd Erin anadl ddofn wrth deimlo gwres ei groen ar ei chroen hi. 'Diolch. Sa i'n credu bydden i'n lico Babycham!'

'Paid â gadael i Sue, y dafarnwraig, dy glywed ti'n dweud 'na. Mae hi'n ffan mawr ers y saithdegau.' Edrychodd Erin draw ar Sue – nid Bet, fel yr oedd hi eisoes wedi'i bedyddio hi – a sylwi ei bod hi'n yfed diod a edrychai'n debyg iawn i Babycham o wydr coctel am yn ail â smygu ffag hirfaith, egsotig.

'Felly, Erin, dwed chydig o dy hanes di wrtha i. Un o ble wyt ti? Beth wyt ti'n neud?' Pwysodd Morgan ymlaen yn frwd yn ei sedd yn barod i wrando.

Roedd hi'n braf cael dyn golygus yn dangos cymaint o ddiddordeb ynddi fel hyn. Sgwn i ai dyma pam roedd hi'n breuddwydio bod y fath beth yn digwydd, gan nad oedd Wil yn dangos fawr o ddiddordeb ynddi'r dyddiau 'ma?

'Wy'n byw yn Nhreganna,' atebodd Erin, gan geisio cofio'i bod hi yn yr wythdegau nawr ac nad oedd hi am ddryllio'r freuddwyd â sylwadau estron a berthynai i'r unfed ganrif ar hugain. Mae'n rhaid bod ardal Treganna'n bodoli yn yr wythdegau, doedd bosib? Nodiodd Morgan ei ben. Ffiw! 'Yymm ... wy'n gweithio fel newyddiadurwraig i'r *Glamorgan Mail*.'

'W, *glamorous* iawn ... Ti'n rhyw fath o Lois Lane wyt ti? Yn chwilio am straeon mawr, cyffrous?'

'Wel, ma diddordeb 'da fi mewn dod o hyd i Superman, oes,' chwarddodd Erin, gan edrych ar Morgan yn awgrymog. OMG! Roedd hi'n *gymaint* o hwyl cael fflyrtio'n ddigywilydd fel hyn.

'Ond o ddifri, mae'n eitha di-fflach a dweud y gwir ... Straeon lleol gan fwya ... Ci yn mynd ar goll ... Aelodau o'r Cyngor yn cwmpo mas ...' Penderfynodd stopio fanna rhag hala'r boi druan i drwmgwsg. 'Beth amdanat ti, Morgan? Beth yw dy waith di?'

'Wel, wy'n gweithio fel rheolwr mewn siop recordiau yn y dre. Rex Records?'

Na, doedd dim cliw 'da hi am y siop, a rhyfeddai at greadigrwydd ei dychymyg yn creu enwau fel hyn o ddim byd.

'Rex Records?'

'Ie, ddim yn bell o'r City Arms yn dre. Ti'mbo'? Roedd y perchennog gwreiddiol wrth ei fodd 'da T-Rex t'wel ...'

''Sdim byd yn bod ar T-Rex!' atebodd Erin yn syth. ''Wy wastad wedi bod ishe cael reid ar alarch wen.' Roedd yn falch iawn ohoni'i hun yn cofio un o deitlau caneuon y canwr pop Marc Bolan.

'A-ha, ti'n lico 'bach o glam-roc, wyt ti?' Cynigiodd Morgan sigarét iddi a derbyniodd yn ddiolchgar. Jiawch! Roedd bywyd yn yr wythdegau'n wych! Roedd hi wedi stopio smygu ers rhyw ddwy flynedd oherwydd yr hasl o orfod ffeindio rhyw gilfach wyntog, wlyb yn yr awyr agored i danio un diolch i'r gwaharddiad ysmygu mewn tafarndai. Cynheuodd Morgan ei sigarét iddi'n slic â'i daniwr ac unwaith eto profodd Erin ysgytwad wrth i'w dwylo gyffwrdd am eiliad.

'Mmm ... Wy'n lico unrhyw beth sydd ag alaw dda ...' meddai'n freuddwydiol. Chwythodd Erin fwg ei sigarét mewn ffordd y gobeithiai oedd yn ymddangos yn soffistigedig a deniadol. O, roedd hi wedi gweld eisiau ffags! Ond gan mai breuddwyd oedd hyn i gyd, doedd dim angen iddi boeni am ganser nac am ddannedd melyn. Oedodd am eiliad i feddwl am fandiau poblogaidd o'r wythdegau cynnar fyddai'n creu argraff dda ar Morgan. Hmm ... dim ond Blondie a Culture Club – diolch i efaill Boy George gynne fach – roedd hi'n gallu meddwl amdanyn nhw. Yna sylwodd ar y crys T oedd yn pipo mas o dan grys siec Morgan. Joy Divison ... O ie, roedd gan Erin ryw gof am weld ffilm am hanes bywyd trasig y prif ganwr, Ian Curtis, gyda Wil yn ddiweddar. 'Wel, wy'n lico Blondie a Joy Division wrth gwrs ...'

'Chwaeth dda iawn 'da ti. Be ti'n ei feddwl o New Order? Cystal â Joy Divison?'

O diawl! Beth oedd hi'n ei wybod am New Order? Wel, roedd hi'n gwybod mai nhw oedd cyn-aelodau Joy Division a'u bod nhw wedi cael llwyddiant enfawr gyda'r gân 'Blue Monday'. Ond pryd ryddhawyd 'Blue Monday'? Ymbalfalodd yn ei phoced am ei ffôn symudol; gallai fynd i'r tŷ bach yn sydyn ac edrych ar Google i ddarganfod mwy am gerddoriaeth y cyfnod. Ond doedd dim sôn amdano – damo! O wel, doedd dim ots, oedd e? Breuddwyd oedd hon wedi'r cyfan.

'Wel, wy'n meddwl bo nhw'n lot mwy electronig na Joy Division, yn naturiol. Ma "Blue Monday" yn wych

...' Llyncodd ei fodca'n ddiolchgar. Oedd hwnna'n ateb ddigon synhwyrol tybed? '"Blue Monday"?' crychodd Morgan ei dalcen yn ddiddeall. *Shit*! Doedd e ddim wedi clywed am honno eto. Rhaid bod hi wedi cael ei rhyddhau'n ddiweddarach.

Newidiodd Erin y pwnc. 'Beth amdanat ti? Wy'n siŵr fod 'da ti gasgliad recordiau gwych.'

Gwenodd Morgan yn ddiymhongar. 'Wel, mae fy chwaer wastad yn dweud bod gormod 'da fi. Wna i ddim dweud faint wrthat ti ... Falle galli di ddod i gael pip ar y casgliad dy hunan rywbryd?'

Sylwodd ei fod e'n gwrido wrth orffen y frawddeg. 'Fel dod i weld dy *etchings* di, ife?' chwarddodd Erin a llyncu mwy o'i diod. 'Wel ... ie,' atebodd Morgan gan geisio ymddangos yn eofn. Estynnodd ymlaen a chydio yn ei llaw gan ddweud yn floesg, 'Gwranda, Erin, dwi ddim arfer bod mor bowld â hyn, ond ma rhywbeth amdanat ti ... *Cliché*, wy'n gwybod, a dwi ddim yn arfer dweud hyn wrth ferched ... O diawl! *Cliché* arall. Sori! Ond wy'n rili lico ti ... Yymm ... O's cariad 'da ti?'

Yffach! Doedd dim chwarae ambytu 'da hwn – yn syth at y pwynt! Bu'n rhaid iddi hi ofyn i Wil am ddêt ei hunan ar ôl sawl cyfarfod anffurfiol yn eu tafarn leol. Wel, roedd hi wedi'i stelcio fe a dweud y gwir, achos o'dd e fel rhech ar y busnes rhamant. A tase fe lan iddo fe, fydde hi'n dal i aros. Roedd dyn mor fentrus â Morgan yn chwa o awyr iach.

'Na, does dim cariad 'da fi ...' Synnodd nad oedd hi'n teimlo gronyn o euogrwydd yn dweud celwydd wrth Morgan fel hyn. Ond, wrth gwrs, doedd dim gwahaniaeth go iawn, achos mewn breuddwyd yr oedd hi. Y *get-out clause* perffaith ar gyfer pob dim allai ddigwydd.

Gwasgodd Morgan ei llaw yn dynnach ac edrych i'w llygaid, 'Gwd.' Yna cusanodd hi. Ac roedd hi'n gusan hyfryd – un drydanol, rywiol, a phob ystrydeb Mills and Boon-aidd arall dan haul. O oedd, roedd hi RILI ishe cael rhyw 'da'r boi yma.

Yn y pellter clywodd y gân erchyll yna oedd dros y rhyngrwyd a'r cyfryngau ym mhobman, 'Gangam Style' … Sut gallai hynny fod? Dechreuodd deimlo'n ddiymadferth yn y freuddwyd wrth i wyneb Morgan bellhau oddi wrthi a phylu. Deffrodd yn ddisymwth wrth i larwm y radio ganu'n groch a DJs plentynnaidd Radio 1 yn clochdar, 'Gangam Style! Gangam Style!' gyda'r gân bathetig … *Shit*! Roedd y freuddwyd drosodd ac roedd hi'n gorwedd yn ei gwely Ikea, fel arfer. Chwyrnai Wil wrth ei hymyl. Mae'n rhaid na chlywodd hi fe'n dod adre neithiwr. Synnodd Erin at faint y siom a deimlai wrth weld wyneb cyfarwydd Wil, ei farf bach *goatee* melyngoch yn goglis ei braich. Bu'r freuddwyd yn un mor bwerus, mor real … Roedd hi'n cofio popeth a ddigwyddodd. Gwridodd wrth gofio am Morgan a hithau'n cusanu'n nwydus o flaen pawb yn y dafarn yna a theimlodd bwl o euogrwydd. Ond na, roedd hi'n bod yn sili nawr. Beth oedd ots am gusanu dyn arall mewn breuddwyd? A pham roedd hi'n teimlo mor drist a siomedig nad oedd boi ei breuddwydion yn ddyn o gig a gwaed?

Pennod 2

Y noson ganlynol eisteddai Wil wrth y bwrdd bwyd yn edrych ar ei blât yn betrus.

'Beth yw hwn 'te?'

'Rysáit newydd. *Sea bass* mewn saws cregyn bylchog a llysiau amrywiol.'

'O … yymm … neis iawn … Er, dwi ddim yn siŵr iawn os wy'n mynd i lico yym … cregyn bylchog.' Dechreuodd Wil chwarae gyda'i fwyd ac osgoi ei fwyta.

'*Clams* yw cregyn bylchog ac roedd y rysáit 'ma'n sgorio'n uchel iawn ar wefan Jamie. Ma'n rhaid i ni drio pethe newydd weithie, Wil, neu fyddwn ni mewn ryt.' Dechreuodd Erin deimlo'n grac gydag e. Roedd e mor gul ei ffordd ambell waith. Doedd e ddim eisiau mentro o gwbl. Byddai e'n hapus 'da sosej a tships bob nos, gwylio'r bocs dros botel o win a gwely wedyn.

'Oes tships gyda'r "llysiau amrywiol"?' holodd Wil yn obeithiol.

'Na, 'sdim tships ond ma bara garlleg.'

'O gwd,' a gyda hynny dechreuodd Wil fwyta'i swper yn fwy awchus gan dorri hanner y bara garlleg a'i osod ar ei blât yn foddhaus. 'Ti'n iawn heno, Erin? Dyw'r hwyliau ddim fel petaen nhw'n rhy dda. Diwrnod caled yn y gwaith?'

'Ma pob diwrnod yn galed yn y gwaith!' ebychodd Erin. Ond yna teimlodd yn euog yn syth wedyn. Doedd hi ddim yn siŵr beth oedd yn bod arni mewn gwirionedd – rhyw deimlad o anniddigrwydd a rhwystredigaeth. Ond doedd hi ddim yn deg ar Wil ei bod hi'n ei gosbi e. 'Pam na fasen ni'n cael gwely cynnar heno a 'bach o … ti'n gwybod,' meddai Erin yn awgrymog. Roedd o leia tair wythnos wedi mynd heibio ers iddyn nhw gael rhyw a sesiwn eitha byrhoedlog ar ôl noson feddwol allan yn y dre oedd honno.

'Mmm … Wel, 'wy wedi blino'n lân a bod yn onest 'da ti,' atebodd Wil gan stwffio llond dwrn o fara garlleg i'w geg. 'Ond dwi'n addo sesiwn sylweddol i ti nos Sadwrn.'

'O'n i'n meddwl bo' ti'n mynd i wylio'r rygbi dydd Sadwrn,' protestiodd Erin. Roedd Wil wastad yn feddw fel mochyn ar ôl sesiwn rygbi gyda'r bois. Os oedd y tîm yn ennill, wel roedden nhw'n meddwi'n gachu. Os oedd y tîm yn colli, wel, roedd hynny'n rheswm da dros feddwi hyd yn oed yn fwy.

'O odw, pwynt da. Ocê, dydd Sul amdani,' cytunodd Wil.

Nodiodd Erin yn anfoddog. Roedd hi'n gorfod trefnu eu sesiynau caru nhw fel tase hi'n trefnu cyfarfod! Gwyddai'n iawn y byddai *hangover* ar y diawl ganddo fe ddydd Sul. O wel, roedd ei bywyd carwriaethol hi mor gyffrous ag un pensiynwr. A dweud y gwir, mae'n siŵr bod rhai *silver foxes* mas 'na'n cael ei siâr hi ar hyn o bryd, myn yffach i. Cnodd yn bwdlyd ar weddill ei physgodyn a oedd yn debyg i elastig mewn uwd, a phenderfynodd nad oedd Jamie'n gwybod dim yw dim am brydau blasus.

Yn hwyrach y noson honno holodd Morgan hi'n chwareus, 'Wyt ti ishe dod adre 'da fi am un ddrincen fach arall?' A chyffwrdd ei braich yn ysgafn.

Sylweddolodd Erin ei bod hi yn ôl yng nghanol ei breuddwyd rywiol unwaith yn rhagor. Diolch byth! Ac roedd Morgan mor secsi ag erioed. Oedd e'n awgrymu eu bod nhw'n cysgu 'da'i gilydd? Wel, gan nad oedd siâp ar Wil yn ei bodloni rhwng y cynfasau a gan mai breuddwyd erotig oedd hon, gwell symud yn syth at y rhan 'erotig' felly. Ond – ac roedd hyn yn swnio'n ffôl – doedd hi ddim eisiau bod yn rhy 'rwydd' chwaith. 'Oce, un drinc, a dyna i gyd. Dwi ddim yn gwybod pwy wyt ti. Gallet ti fod yn unrhyw un ...'

'Wy'n addo 'mod i'n ddyn cwbl fonheddig,' chwarddodd Morgan gan godi ael yn awgrymog.

'Damo!' atebodd Erin gyda gwên ddrwg.

Yna, daeth merch brydferth yn ei hugeiniau cynnar atynt, wedi'i gwisgo mewn ffordd eitha cŵl. Sylwodd Erin bod jîns tyn Levi's amdani a chrys T â llun John Lennon arno fe. Doedd gan hon ddim pyrm pŵdl enfawr a thrwch o *lacquer* gwallt arno i'w gadw fel tas wair na'r dillad denim *stonewash* echrydus roedd llawer o'i chyfoedion yn eu gwisgo. Roedd ganddi wallt du hir, sgleiniog a llygaid brown mawr a edrychai arni'n go ddwys. *Shit*! Roedd cariad ganddo'n barod yn doedd! Pam ddiawl fyddai hi'n breuddwydio am y dyn perffaith, ond yn methu ei gael e oherwydd menyw arall? Oedd hi mor ffycd-yp â hynny? Anadlodd yn ddwfn.

'Morgan, ni'n mynd mlaen i'r City Arms am *last orders*. Ti'n dod?' Rhoddodd y ferch ei llaw yn diriogaethol ar ysgwydd Morgan. Gafaelodd Morgan yn ei llaw'n gynnes a theimlodd Erin ei chalon yn suddo i'w stiletos.

'Lisa, dyma Erin. Erin, dyma fy chwaer fach, Lisa.'

'Sori, helo Erin, neis cwrdd â ti. Ma croeso i ti ddod

hefyd wrth gwrs.' Gwenodd Lisa arni'n gyfeillgar. Doedd hi ddim yn gariad felly, jyst chwaer. Ffiw! Beth oedd ei phwrpas hi yn y freuddwyd? A bod yn gwbl onest, roedd Erin jyst eisiau mynd adre yng nghwmni Morgan a chael rhyw tanbaid a brwnt gydag e, a hynny cyn gynted â phosibl. Oedd modd cael rhyw fath o bŵer *fast forward* mewn breuddwyd a'i drin fel Sky Box tybed? Ond na, roedden nhw'n dal i fod yn y dafarn ac roedd yna oedi lletchwith wrth i Erin aros am arweiniad gan Morgan.

'Na, ni'n iawn fan hyn diolch, Lis. Wela i di fory,' meddai Morgan yn eitha ffwrdd â hi.

'Ocê, frawd mawr. Bydd yn fachgen da 'te!' Winciodd arno cyn troi at Erin drachefn, 'Neis i gwrdd â ti, Erin. Wela i ti 'to falle.' A ffwrdd â hi yn ôl at griw o bobol ifanc oedd yn ei llygadu hi a Morgan yn chwilfrydig.

'Dwi ddim ishe dy gadw di rhag unrhyw gynlluniau oedd 'da ti ar gyfer heno,' meddai Erin, yn poeni ei fod e eisiau mynd ymlaen i dafarn arall gyda'i ffrindiau ac yn aros gyda hi dim ond er mwyn cwrteisi.

'Galla i fynd mas 'da nhw unrhyw noson, ond dim pob nos ma dyn yn cwrdd â merch ei freuddwydion.' Cusanodd Morgan hi'n ysgafn.

'Cawslyd!' gwenodd Erin arno, er ei bod hi wrth ei bodd. O, roedd y freuddwyd hon yn ffantastig! Pam na fase Wil yn gallu dweud pethe fel hyn wrthi? Gwneud iddi deimlo fel menyw ddeniadol, rywiol. A chyda hynny, roedd hi'n amlwg fod ei dyhead hi i'r ddau ohonyn nhw gael amser ar eu pennau eu hunain am ddod yn wir.

'Ydy dy droed di'n ddigon da i gerdded rhyw ddeg munud sha thre 'da fi?' holodd Morgan gan gydio yn ei llaw.

Teimlodd Erin ei phigwrn yn ofalus ac er ei fod yn gwynegu ychydig, roedd yn dipyn gwell. 'Wy'n meddwl y bydda i'n iawn. Trueni nad oes treinyrs 'da fi.'

'Wel, alla i dy gario di os wyt ti'n dechre ca'l poen.'

O! Roedd hi wastad wedi bod ishe dyn i'w chario hi ond erioed wedi gallu ffeindio un â digon o nerth i wneud hynny! Wel, roedd hi'n 5'9" ac yn un stôn ar ddeg wedi'r cwbl a Wil druan yn ddim ond 5'10" a deuddeg stôn ei hun. Fe wnaethon nhw roi cynnig arni unwaith un noson San Ffolant feddwol ond fe sythriodd y ddau ohonyn nhw i lawr y grisiau yn y broses, a doedden nhw ddim wedi mentro gwneud unrhyw antics tebyg ar ôl hynny. A dweud y gwir, fel ffeminist doedd Erin ddim wedi ystyried y peth o ddifri, tan nawr.

'Wel, ma hwnna'n gynnig arbennig, ond dim ond am un drinc bach, cofia.' Gwyddai'r ddau ohonyn nhw heb ddweud gair y byddai Erin yn aros y nos.

'Un drinc wy'n addo. Gobeithio dy fod ti'n lico gwin coch.' Cododd Morgan a'i helpu hithau i godi fel dyn bonheddig.

'Wrth fy modd,' atebodd Erin gan gydio yn ei chot. Sylwodd â pheth rhyddhad ei bod hi'n got eitha normal o ystyried ffasiwn yr wythdegau – lledr du, plaen, heb ormod o *shoulder pads*. Doedd hi ddim ishe edrych fel Lily Savage! Gwisgodd Morgan ei got ddenim yntau – diolch byth nad un *stonewash* oedd hi. Doedd hi ddim eisiau i'w dyn ffantasi wisgo fel cymeriad o *Auf Wiedersehen, Pet*.

Roedd hi'n rhyfedd pa mor gartrefol roedd hi'n teimlo yn ei gwmni synfyfyriodd wrth iddyn nhw gerdded law yn llaw i lawr Albany Road. Sylwodd nad oedd pethau wedi newid rhyw lawer yno mewn deng mlynedd ar hugain. Roedd y siop tships, Albany Fish, yn yr un man ac roedd Woolworth – oedd wedi cau yn 2008 – yno ar y pryd. Ond roedd y ceir yn wahanol, wrth gwrs, ac roedd siop esgidiau Stead & Simpson yn hyrwyddo treinyrs Nike Air Force One newydd yn ei ffenest ffrynt. Jiawch, on'd ydy'r ymennydd yn greadigaeth ryfedd. Sut oedd hi'n gallu creu'r fath fanylder yn ei breuddwyd? Roedd y ceir hyd yn oed yn dangos *number plates* cywir o'r cyfnod hyd y gwelai hi. Yna, cofiodd ei bod hi wedi ysgrifennu erthygl rai misoedd ynghynt am yr hen Gaerdydd ac wedi dod o hyd i luniau archif o'r ardal. Rhaid bod y cyfan wedi suddo i'w hisymwybod bryd hynny. Beth bynnag, doedd dim ots am hynny nawr: Morgan oedd canolbwynt ei sylw. Trodd i edrych arno a rhyfeddu at ei wyneb golygus o'r newydd yng ngolau egwan lampau'r stryd.

'Felly, wyt ti'n arfer mynd â merched dieithr adre 'da ti, Morgan?'

'Na, dim ond rhai wy'n nabod!' chwarddodd a gafael ynddi a'i snogio'n go danbaid.

'M-hm ... Felly, ti'n *player* wyt ti?' Datododd Erin ei hun o'i afael.

'*Player?*' Crychodd Morgan ei dalcen mewn penbleth.

'Fel *playboy* ... yn mynd 'da llawer o ferched.'

'Ha! Nadw i. Dyw hyn ddim yn nodweddiadol o 'nghymeriad i o gwbl, Erin, wir i ti. Ond y funud wnaethon ni gwrdd, o'n i'n teimlo 'mod i'n dy nabod di ryw ffordd ... Ein bod ni wedi cwrdd o'r blaen. Dwi erioed wedi cael y fath deimlad. A dyw hwn ddim yn rhyw *chat-up line* wael i dy ga'l di i'r gwely. Wy'n dweud y gwir.' Edrychodd arni'n ddwys.

Cusanodd Erin ei law a murmur yn dawel, 'Wy'n gwybod. Ro'n i'n teimlo'r un peth yn gwmws. Mae'n eitha swreal a ninnau newydd gwrdd, a dwi ddim yn gwybod dim byd llawer amdanat ti.'

'Beth arall wyt ti ishe gwybod?' holodd Morgan wrth iddyn nhw groesi'r ffordd.

Teimlai Erin yn gwbl ddiogel yn ei freichiau cryfion, oedd yn ei dal rhag iddi wneud mwy o niwed i'w ffêr. 'Dy gyfenw di? Dy oed di? Dy statws carwriaethol?' Doedd hi ddim eisiau holi ei berfedd e, ond os oedd hi'n mynd i gysgu gyda fe, wel, roedd angen cwpwl o ffeithiau moel arni rhag ofn fod gwraig a phlant yn llechu tu ôl iddo yn rhywle.

'Morgan Harries. Wy'n wyth ar hugain ac yn sengl, ac yn meddwl dy fod ti'n ferch hynod o rywiol a diddorol.' Cusanodd ei gwddf a theimlodd Erin ysfa o chwant trydanol yn treiddio trwy'i chorff. Roedd y ffeithiau hynny'n ddigon iddi hi. Roedd hi ishe'r boi 'ma nawr!

Arhosodd Morgan y tu allan i dŷ teras ar Stryd Arabella, un o'r strydoedd niferus oedd ger Albany Road. 'A dyma ni – y palas!' Agorodd y drws, moesym-grymu'n chwareus a'i thywys i mewn. Caeodd y drws yn glep ar eu holau, a diolch i'r fodca, roedd Erin yn gwbl di-ffrwyn o ran ei hemosiynau a swildod wedi hen adael yr adeilad. Dechreuodd y ddau gusanu yn y cyntedd ac er mawr ryfeddod iddi roedd hi'n datod botymau ei grys fel anifail rheibus. Jiawch, pwy oedd y fenyw yma? Fel arfer roedd hi'n eitha goddefol wrth gael rhyw ond roedd hi'n ffansïo Morgan cymaint fel ei bod hi jyst eisiau ei gael e'n noeth.

'Ewn ni lan lofft?' sibrydodd yn gyflym yn ei glust. *Shit*! Gobeithio na fyddai'n meddwl mai trwmpen tsiep oedd hi. Ond roedd yn rhaid iddi gael rhyw gyda fe cyn iddi ddeffro, a Duw a ŵyr a gâi'r cyfle i'w weld e eto.

Gwenodd Morgan ei wên secsi a'i chario'n ddiffwdan i fyny'r grisiau. Chwarddodd y ddau wrth iddo ymbalfalu a cheisio agor drws ei ystafell wely gyda hithau yn ei freichiau o hyd. 'Ti mor bert, Erin ...' Roedd ei lais yn floesg wrth iddo ddatod ei bra yn frysiog.

''Wy ishe ti,' sibrydodd Erin yn ei glust wrth iddi ddatod ei wregys.

Ond yr eiliad honno, difethwyd y freuddwyd wrth i sŵn aflafar ddod o rywle i'w deffro. Blydi gwylanod yffarn! Roedden nhw'n sgrechian tu allan i'r ffenest fel banshis gwyllt. Dyna'r broblem gyda byw yn y ddinas – pobol a'u sbwriel ym ymhobman yn denu'r blwmin adar diawledig 'ma. Gwasgodd Erin *earplugs* i'w chlustiau a cheisio mynd 'nôl i gysgu. Methodd. Roedd y golau'n treiddio trwy'r llenni a doedd chwyrnu ysgafn Wil ddim yn helpu chwaith. Pwniodd e'n ysgafn yn ei gefn a sibrwd, 'Ti'n chwyrnu.' Mwmiodd Wil rywbeth annealladwy a throi ar ei ochr. Edrychodd Erin ar y cloc. Roedd hi'n saith o'r gloch nawr a byddai'n rhaid iddi godi mewn chwarter awr i fynd i'r gwaith. Roedd hi wedi colli ei chyfle gyda Morgan.

Eisteddodd Erin ar y fainc yn y parc ac agor ei brechdan gaws a ham yn feddylgar amser cinio'r diwrnod wedyn. Fel arfer, roedd rhywun wedi bachu ei hoff fainc ond roedd hi wedi dechrau cynefino â'r fainc hon nawr. Chwaraeai gwên fach o gwmpas ei gwefusau wrth iddi ail-fyw breuddwyd danbaid noson cynt. OMG

... Doedd hi erioed wedi cael breuddwyd mor erotig â hynny yn ei bywyd o'r blaen. Pam nawr? Ai oherwydd ei bod hi'n *frigid* yn ei bywyd carwriaethol gyda Wil? Roedd hi'n teimlo'i bod hi'n dechrau mynd yn gaeth i'r angen am Morgan a'i breuddwydion yn barod.

Tynnodd ei ffôn symudol o'i bag a throi at Google gan deipio *lucid dreaming* yn y blwch chwilio. Roedd hi wedi darllen erthygl ddiddorol yn y *Times* am y ffenomen hon ac roedd yn esbonio sut gallech chi reoli'ch breuddwydion a dewis eu themâu. Os gallai hi eu rheoli nhw, yna gallai weld Morgan bob nos! Oedd, roedd hyn yn od ar y diawl a 'bach yn drist o'i rhan hi, ond doedd neb yn gwybod am y peth ac roedd yn rhoi cymaint o bleser a boddhad iddi, felly beth oedd yr ots? Darllenodd yr erthygl ar y wefan yn awchus:

Sut i reoli'ch breuddwydion – tri chanllaw allweddol gan Dr Randy Casavettes, o Brifysgol Northwestern, Illinois.

1. Ysgrifennwch fanylion eich breuddwydion yn eich dyddiadur breuddwydion bob bore.
2. Perfformiwch o leiaf ddeg ymarfer realiti drwy gydol y dydd pan ydych yn effro.
3. Mae angen cyfnodau cyson o fyfyrdod sy'n para am o leiaf 20 munud yr un.

O'r mawredd. Roedd hyn yn swnio'n gymhleth ac yn *new agey* iawn. Fe wnâi hi ganolbwyntio a meddwl cymaint ag y medrai am Morgan a'u carwriaeth, a gobeithio byddai ei hisymwybod yn gwneud y gwaith iddi.

'Iw-hw! Shw' mae heddi, 'mach i?' Cododd Erin ei phen o'i ffôn yn anfodlon. Ffyc's sêcs! Yr hen fenyw yna eto, yr un wnaeth ei mwydro hi y tro diwethaf bu hi'n y parc. Gwenodd arni'n dila.

'Helo. Sut ydych chi?'

'Dal i droi, 'mach i ... Dal i droi.' Eisteddodd yr hen wraig wrth ei hochr gan nad oedd mainc wag gerllaw. 'Gobeithio bod dim gwahaniaeth 'da chi 'mod i'n eistedd 'da chi, 'mach i. Mae'n orlawn 'ma heddi. Ma pobol fel gwybed pan ddaw'r haul.'

Doedd Erin ddim yn hapus ond chwarae teg i'r hen wraig, nid eiddo Erin oedd y fainc yma chwaith. Felly, llyncodd ei hanfodlonrwydd a rhannu'r fainc. 'Popeth yn iawn,' gwenodd yn boléit cyn dychwelyd at ganlyniadau ei chwilio ar Google.

'Helo, Morgan bach,' meddai'r hen wraig.

Bu bron i Erin neidio oddi ar y fainc wrth glywed y wraig yn yngan enw cariad ei breuddwydion. 'Beth wedoch chi, sori?'

'O, jyst siarad â pherchennog y fainc 'ma.' Gwenodd yr hen wraig a chymryd cnoiad allan o gornel ei brechdan corn biff. Nodiodd ei phen tuag at y plac pres oedd ar gefn y fainc. Trodd Erin ac edrych ar y plac yr eilwaith:

Er cof am Morgan Harries, 1954–1982
Mab, brawd a ffrind annwyl
Cwsg yn dawel.

Ai ei Morgan hi oedd hwn? Harries oedd ei gyfenw *fe*, ontife? Ac roedd ei breuddwyd hi'n digwydd yn yr un cyfnod â 1982 ... Teimlodd bigyn o siom wrth feddwl mai *dyma*'r esboniad am ei breuddwydion erotig. Mae'n rhaid bod ei hisymwybod wedi cofnodi manylion y fainc yma ac wedi defnyddio 'Morgan' i fwydo'i ffantasïau ffôl. Beth oedd hi'n ddisgwyl? Rhyw hud a lledrith goruwchnaturiol? Damo'r hen fenyw 'ma am ddryllio'i ffantasi. Lledodd y siom yn bellach drwyddi a'i gorchuddio hi'n llwyr.

Ond ar ôl meddwl, gallai hon fod yn stori dda i'r papur. Y stori tu ôl i'r placiau ar feinciau ym mharciau niferus y ddinas. Gallai wneud darn nodwedd eitha neis am y peth. Wedi'r cwbl, roedd Caerdydd yn enwog am ei pharciau. A gallai ymchwilio i stori Morgan ar gyfer dechrau'r darn. Byddai'r ffaith fod bachgen wyth ar hugain oed wedi colli ei fywyd yn annisgwyl yn sicr yn stori ddiddorol. Ac roedd yn amlwg fod ganddo deulu yn yr ardal, yn ôl yr arysgrif ar y plac.

Cododd Erin ar ei thraed, yn awyddus i ddychwelyd i'r gwaith am unwaith er mwyn dechrau ar ei gwaith ymchwil.

'Ar frys, 'mach i?' gwenodd yr hen wraig wrth iddi dynnu porc pei o'i bag bwyd.

'Gwaith yn galw,' gwenodd Erin yn serchus. 'Wela i chi eto!'

'Yn sicr,' atebodd hithau.

Teipiodd Erin y manylion i mewn i flwch Google yn llawn cynnwrf. Doedd hi ddim yn deall yn union pam roedd hi ar bigau'r drain. Dim ond breuddwyd oedd hi wedi'r cwbl. Ond roedd rhyw deimlad rhyfedd ganddi ynghylch pwy oedd y Morgan Harries ar y fainc. Roedd dros 19 miliwn o ganlyniadau ar Google ond doedd yr un canlyniad ar y dudalen gyntaf yn datgelu dim am Morgan. Rhestru'r marwolaethau mewn damweiniau ceir yn y blynyddoedd diwethaf yn ardal Caerdydd wnaent i gyd. Synnodd Erin at y niferoedd. Yna sylwodd ar wefan PapurauNewydd.org oedd yn ei gwahodd i dwrio drwy ei harchifau. Roedd y wefan yn storio archifau papur newydd y *South Wales Sentinel.* Â'i chalon yn curo fel gordd, teipiodd y manylion yn y blwch. Daeth un canlyniad ar y sgrin o dan y categori Hysbysiadau Teuluol:

> Er cof am Morgan Harries a fu farw'n sydyn ar 4 Ebrill 1982 yn 28 oed. Mab annwyl y diweddar June a William, a brawd tyner Lisa. Angladd preifat ar 12 Ebrill yn Eglwys y Bedyddwyr, Heol Albany, Caerdydd. Dim blodau, cyfraniadau at yr elusen Tenovus.

Doedd dim llun! On'd doedd popeth mor gyntefig cyn dyddiau'r rhyngrwyd! Roedd yn *rhaid* iddi wybod pwy oedd Morgan Harries. Cydiodd yn ei bag a cherdded tuag at swyddfa'r bòs, golygydd y papur, Gwenan Hughes Morris. Dynes yng nghanol ei phumdegau oedd Gwenan ac ymdebygai i'r fenyw oedd yn arfer darogan y dyfodol yn y *News of the World* 'slawer dydd – Mystic Meg – â'i gwallt mewn *bob* du heb flewyn o'i le, fel helmed sgleiniog, tywyll. Roedd hi'n newyddiadurwraig heb ei hail, yn fòs caled ond teg. Petai Erin yn bod yn hollol onest byddai'n cyfaddef i'w hun ei bod yn ei hofni, doedd hi ddim yn hoffi ei chroesi hi, ond roedd angen sêl ei bendith i gael mynd i'r llyfrgell i ymchwilio ymhellach i'r stori. Roedd Gwenan yn hoffi gwybod ble roedd ei holl newyddiadurwyr os oedden nhw allan o'r swyddfa gan fod rhai aelodau staff yn y gorffennol wedi cymryd mantais lawn o deitl y swydd, 'roving reporter'.

Diolch i Dduw fod ei chynorthwy-ydd personol, Amanda, ar wyliau. Roedd Amanda fel *rottweiler* yn gwarchod dyddiadur gwaith Gwenan fel y Greal Sanctaidd. Roedd hi'n un o'r ysgrifenyddesau yna oedd yn hoffi 'benthyg' statws ei bòs er mwyn dangos ei phwysigrwydd ei hunan.

Cnociodd Erin ar y drws yn ysgafn. Gallai weld nad oedd neb yn y swyddfa gyda Gwenan.

'Mewn!' gwaeddodd Gwenan yn swta. *Shit!* Roedd hi mewn hwyliau gwael. Agorodd Erin y drws yn ofnus.

'Sori i'ch poeni chi, Gwenan, ond 'wy angen mynd i'r llyfrgell i ymchwilio i stori'r meinciau 'na wnes i ebostio atoch chi gynne fach ...'

'O ie, ma potensial fanna. Dim ond dy fod ti'n ffeindio straeon diddorol gydag elfennau *human interest* cryf, cofia.' Roedd Gwenan yn brysur yn teipio rhywbeth ar ei gliniadur a wnaeth hi ddim codi ei phen i edrych ar Erin, ond roedd hynny'n ei siwtio hi i'r dim. Gwisgai Erin un o'i hen ffrogiau llwyd o Primark heddi a honno wedi gweld dyddiau gwell, ac roedd Gwenan bob amser yn edrych yn smart yn ei dillad gwaith costus o Hobbs neu Whistles neu ble bynnag.

'Ie, does dim llawer o wybodaeth ar-lein achos digwyddodd un o'r marwolaethau yn yr wythdegau a 'sdim lluniau ...'

Cododd Gwenan ei llaw i'w hatal rhag dweud mwy. 'Ie, ie, clatsha bant a danfon drafft i fi cyn gynted ag y medri di.'

'Diolch.'

Cŵl! Pnawn bach yn y llyfrgell ymhell o sŵn y swyddfa a chyfle i ddysgu'r gwir am Morgan.

Wrth gerdded tuag at Lyfrgell y Ddinas, meddyliodd Erin am eiriau'r hysbysiad yn y papur. Roedd rhieni Morgan wedi marw ond roedd ganddo chwaer o'r enw Lisa. Yn sydyn, daeth llun i'w meddwl fel fflach o chwaer Morgan wnaeth hi ei chyfarfod yn y dafarn yn ei breuddwyd gyntaf. Onid Lisa oedd enw'r ferch yn y freuddwyd? Ai cyd-ddigwyddiad oedd hyn, neu beth? Rhuthrodd i fyny'r grisiau symudol yn y llyfrgell i'r adran Archifau. Diolch i Dduw fod popeth yn electronig y dyddiau yma. Pan ddechreuodd hi ymchwilio yn fyfyrwraig yn y brifysgol, roedd llawer o'r papurau dyddiol ar *microfiche*, oedd yn llafurus ar y diawl.

Reit, roedd ddyddiad y ddamwain ganddi, Ebrill y pedwerydd. Edrychodd drwy gofnodion y *South Wales Sentinel* am Ebrill 1982. Roedd y ddamwain wedi digwydd ar nos Wener ac roedd y papur yn cael ei gyhoeddi bob dydd Iau. Reit ... Ebrill y degfed, 'te. Teimlodd ias bwerus o ofn a chynnwrf yn symud i lawr ei chefn. Roedd y papur yn llawn straeon y dydd ac am unwaith roedd yna straeon mawr, yn wahanol i'r eitemau dibwys roedd Erin wedi syrffedu ysgrifennu amdanynt yn y *Glamorgan Mail* erbyn hyn.

Roedd y clawr yn canolbwyntio ar stori ymweliad cyntaf y Pab â Chaerdydd i Gaeau Pontcanna, a'r ffaith ei fod wedi denu 100,000 o bobol yno ar yr ail o Ebrill. Yna, roedd sôn am y galaru dros 32 o'n *brave boys* o'r *Welsh Guards* a fu farw pan losgwyd llong y *Sir Galahad* adeg y Falklands. Yr enwocaf o'r rhai a oroesodd oedd Simon Weston, a ddioddefodd losgiadau enbyd. Reit, reit, ond ble roedd Morgan? Onid oedd damwain drasig dyn ifanc yn haeddu rhyw fath o sylw?

Ond doedd dim rhaid iddi aros yn hir. Ar y

bedwaredd dudalen, syllai wyneb Morgan yn ôl arni. O, mawredd! Beth ddiawl o'dd hyn yn ei feddwl? Hwn oedd y Morgan yn ei breuddwydion! Yr un â gwallt cyrliog tywyll, yr un llygaid direidus, y wên rywiol ... ond sut? Printiodd gopi o'r dudalen ar y cyfrifiadur â'i dwylo'n crynu. Teimlodd y dagrau'n dechrau cronni yn ei llygaid. *Get a grip*, ferch! Daeth llyfrgellydd draw yn syth ati wrth ei gweld yn defnyddio'r argraffydd.

'Sawl copi liciech chi?'

'Dim ond un, diolch.' Yffach. Roedden nhw'n awyddus i gael eu deg ceiniog yma.

Ymbalfalodd yn ei phwrs arian a rhoi'r deg ceiniog i'r fenyw gan obeithio y byddai'n mynd oddi yno'n go fuan er mwyn iddi gael darllen mwy am hanes Morgan. Wrth lwc, doedd y llyfrgellydd ddim eisiau siarad â hithau chwaith a dychwelodd at ei desg. Tynnodd Erin anadl ddofn wrth iddi afael yn ei phapur a dechrau darllen:

Marwolaeth dyn, 28 oed, mewn damwain car

Bu farw Morgan Harries, 28, dyn ifanc lleol mewn damwain car ger Pont y Brenin ar gyrion Caerdydd nos Wener diwethaf. Roedd y ddamwain rhwng car Volvo llwyd a cherbyd Land Rover. Digwyddodd tua hanner nos. Cafodd y pedwar arall oedd yn y ddamwain, yn cynnwys chwaer yr ymadawedig, Lisa Harries, eu cludo i Ysbyty'r Ddinas, lle maent yn cael eu trin am anafiadau difrifol. Roedd Mr Harries yn rheolwr siop Rex Records yng nghanol y ddinas. Caewyd yr heol wrth i'r cerbydau gael eu clirio. Mae'r heddlu'n gofyn am dystion i'r digwyddiad.

A dyna ni, paragraff syml, moel yn rhoi'r ffeithiau'n ddigon clir. Ond doedd dim byd yn glir i Erin bellach.

Sut allai hi esbonio'r breuddwydion a'u manylder? Doedd hi erioed wedi gweld Morgan o'r blaen. A Lisa, y chwaer? Tybed a oedd hi wedi goroesi'r ddamwain? Falle byddai ganddi hi ragor o wybodaeth. Aeth Erin yn ôl at y cyfrifiadur a chwilio am 'Lisa Harries, damwain car 1982, Caerdydd'. Na, doedd dim byd newydd yn dod i'r golwg. Meddyliodd am gwpwl o eiliadau a theipio 'Lisa Harries, Caerdydd' yn y blwch chwilio. Cafodd sawl canlyniad. Roedd yna un Lisa Harries yn gweithio fel therapydd holistig yn y Barri. Ac roedd un Dr Lisa Harries yn ddarlithwraig Seicoleg yn y Brifysgol. Hmm ... Edrychodd Erin am lun o Lisa ar y wefan. Ond doedd dim llun ohoni. Damo! Roedd ganddi gof go dda o ymddangosiad cyntaf Lisa yn ei breuddwyd – tal, tywyll, prydferth. Doedd ond un peth amdani: âi i weld y Lisa Harries yng Nghaerdydd yn gyntaf. Agorodd ei chyfrif e-bost ac ysgrifennodd neges at Lisa:

Annwyl Dr Harries,
Ysgrifennaf atoch fel newyddiadurwraig i'r *Glamorgan Mail*. Rwyf yn gweithio ar erthygl am y straeon emosiynol sydd ynghlwm â'r meinciau coffa ym mharciau Caerdydd. Rwy'n eistedd ar un fainc arbennig bod dydd, sydd yn coffáu dyn ifanc a fu farw mewn damwain car yn 1982 sef Morgan Harries. O ddarllen adroddiadau papur dyddiol o'r ddamwain, rwy'n deall fod gan Morgan chwaer o'r enw Lisa Harries. Os mai chi yw chwaer Morgan, byddwn yn ddiolchgar iawn petai'n bosib i mi ddod i'ch gweld i siarad am y fainc ac am Morgan ar gyfer yr erthygl.
Gyda diolch yn fawr i chi ymlaen llaw,
Erin Williams

Mater o aros oedd hi nawr. Falle na fyddai Lisa eisiau ail-fyw gorffennol mor boenus ... neu falle nad hi oedd y Lisa gywir. Gallai chwaer Morgan fod wedi ymfudo dramor, wedi marw neu wedi diflannu oddi ar wyneb y ddaear. Roedd yn bwysig nad oedd hi'n rhoi ei bryd ar ddod o hyd i Lisa rhag cael ei siomi. Ond haws dweud na gwneud.

Pennod 3

'Beth? Breuddwydion erotig? W! Dwed fwy!' Roedd Carys, ei ffrind pennaf, yn glustiau i gyd y noson honno wrth iddyn nhw ddechrau ar eu hail goctel ym mar Pica Pica yng nghanol y ddinas. Roedd Erin wedi ffonio'i ffrind a gofyn iddi gyfarfod â hi ar ôl gadael y llyfrgell, cymaint oedd ei hawch i rannu ei stori â rhywun.

'Ond nid dyna'r peth mwya diddorol,' awgrymodd Erin, yn dechrau difaru ei bod hi wedi codi'r pwnc. Bai y blwmin Margherita 'na oedd e! Gwyddai fod y stori'n hollol ryfedd ac anghredadwy ond roedd hi'n torri ei bol eisiau ei rhannu, a dim ond Carys roedd hi'n ymddiried ynddi ddigon i ddweud unrhyw beth wrthi. Wel, allai hi ddim dweud wrth Wil, am resymau amlwg.

'Ha!' chwarddodd Carys. 'Rhwydd i ti weud, Misus Mewn-perthynas! Y'n ni, bobol sengl sy heb gael rhyw ers whech mis, yn despret am unrhyw fanylion jiwsi!'

Chwarddodd Erin ar ei ffrind. 'Wel, mae'r *chemistry* rhyngddon ni'n anhygoel. A 'wy heb ffansïo dyn cymaint â hyn ers blynyddoedd. Ond weda i wrthot ti'r peth mwya rhyfedd ...'

Gwrandodd Carys yn astud wrth i Erin sôn am y fainc, am ei breuddwydion a'i hymchwil yn y llyfrgell. Craffodd ei ffrind ar y llun o Morgan yn y ffotocopi o'r *South Wales Sentinel*.

'Wel, mae e'n bishyn a hanner, ti'n iawn. Ond wyt ti'n siŵr na welest ti mo'r stori newyddion 'ma o'r blaen? Ti wastad yn pori trwy hen archifau Caerdydd.'

'Dim ond ar gyfer un stori wnes i hynny, Carys,'

atebodd Erin yn ddiamynedd. Roedd Carys yn hoff iawn o or-ddweud. Roedd Erin eisiau iddi ei chredu hi ac am iddi fod mor chwilfrydig â hithau am y dirgelwch hwn.

'Mae'n swnio i fi fel 'se ti a Wil mewn 'bach o ryt a bo' ti wedi creu'r stori fach yma er mwyn cael ychydig o gynnwrf yn dy fywyd.'

'Beth? Oni fyddai'n haws i fi jyst mynd mas a chael affêr? A shwd ma'r bachgen yn y freuddwyd yr un sbit â'r un yn y papur gwed, Miss Freud? A finne heb ei weld e erioed o'r blaen? A shwd wyt ti'n esbonio'r chwaer?'

'Ma'r ymennydd yn organ rhyfedd iawn. Ma dy isymwybod di wedi creu'r dirgelwch bach 'ma i dy gadw di'n fishi, a whare teg, ti wedi dewis pishyn a breuddwydion rhywiol fel *perk* i ti hefyd, bitsh lwcus!' Llowciodd Carys ei Margherita, codi, a cherdded yn sigledig at y bar. ''Run peth eto?' galwodd dros ei hysgwydd.

'Plis,' atebodd Erin, yn teimlo'n siomedig nad oedd Carys yn ei chredu. Ond chwarae teg, doedd Carys ddim wedi profi'r breuddwydion yma. Ac mewn ffordd od, roedden nhw'n teimlo'n fwy real na bywyd go iawn. Doedd hi erioed wedi teimlo'r fath gyffro, y fath angerdd, y fath, wel … gariad. O Dduw … cariad. Oedd hi wir yn credu ei bod hi mewn cariad â dyn marw yr oedd hi wedi cael rhyw gydag e yn ei breuddwydion? Penderfynodd beidio â dweud mwy wrth Carys neu fe fyddai hi'n siŵr o'i danfon i'r lŵni bin, a phwy allai ei beio hi? Oni bai iddi brofi'r peth ei hun, mi fyddai Erin yn amau pa mor gall oedd rhywun o glywed y fath stori wallgof hefyd.

'Dyma ti!' gwenodd Carys yn ddireidus wrth iddi roi'r coctel i Erin. 'Golden Dream yw enw'r coctel 'ma

– meddwl y byddet ti'n ei lico fe am resymau amlwg. Rhywbeth o'r enw Galliano sydd ynddo fe a Cointreau. Wnes i flasu fe i ti, rhag ofn. Mae'n ffein!'

Sugnodd Erin drwy'r gwelltyn yn amheus. Yffach! Roedd ganddo gic fel mul blin ond roedd e'n eitha blasus.

'Ma'n ddrwg 'da fi am dy fwydro di, Carys. Ti sy'n iawn, sbo. Dylwn i wneud mwy o ymdrech 'da Wil.'

'Ie, whare teg i Wil druan, mae e'n foi lyfli. Jwmpa arno fe heno ac anghofia am y Morgan 'ma!' Cliciodd y ddwy eu gwydrau mewn cytundeb.

Roedd hi'n tynnu at un o'r gloch y bore erbyn i Erin gyrraedd adre i'w gwely. Roedd hi'n eitha meddw, a dweud y gwir, diolch i sawl Golden Dream, a theimlai'n ddireidus a horni. Roedd hi a Wil yn dal heb gael rhyw ers oesoedd. Roedd hi'n fenyw ifanc ym mlodau ei dyddiau ac roedd angen *service* arni! Pam ddiawl arall oedd hi'n cael y breuddwydion erotig yma os nad oedd ei chorff yn ceisio dweud rhywbeth wrthi? Fel y dywedai Carys: 'An orgasm a day, sweeps the cobwebs away.'

Roedd Wil druan yn chwyrnu'n braf yn y gwely. Ond cofiai Erin am eiriau Carys a phenderfynodd ei ddeffro trwy afael yn ei bidyn yn chwareus.

'Be ffwc!' Neidiodd Wil fel *meerkat* o'i wely a throi i'w hwynebu'n ddig. 'Erin, be ddiawl ti'n neud? O'n i'n cysgu!'

'Sori!' sibrydodd Erin. 'O't ti'n edrych yn rili secsi ac o'n i'n gobeithio cael 'bach o ... betingalw ...'

Craffodd Wil yn ddall ar ei ffôn symudol. 'Mae'n chwarter wedi un y bore, Erin, ac ma gwaith 'da fi am wyth. Faint gest ti i yfed? Ti'n drewi fel bragdy ... Y blwmin Carys 'na'n mynd â ti ar y *piss* ar nos Fercher.'

Trodd ei gefn arni a dychwelyd i drwmgwsg o fewn munudau. Pwffiodd Erin mewn digofaint a thynnu ei ffôn symudol o'i bag. Roedd hi wedi tynnu llun o'r papur dyddiol gyda stori Morgan arno fe. Er bod y llun o ansawdd gwael, roedd hi'n dal i fedru gweld y pantiau bach pert ym mochau Morgan. Morgan ... Morgan ... Os gwnâi hi ganolbwyntio ar ei wyneb, efallai y medrai hi reoli'i breuddwydion a'i weld unwaith eto ...

Roedd hi'n disgyn! Aww! Y ddaear yn oer ac yn galed. Edrychodd ar ei thraed; roedd hi'n gwisgo esgidiau sglefrio. Be ddiawl? Doedd hi erioed wedi sglefrio yn ei byw. Teimlodd freichiau cryfion yn ei dal ac yn ei chodi ar ei thraed.

'Ti'n iawn, Erin?'

Adnabyddodd ei lais yn syth a gwenodd wrth droi o'i chwmpas. Morgan! Roedd e yno! Mae'n rhaid eu bod nhw ar ddêt. Damo! Pam na fyddai hi wedi medru parhau â'r freuddwyd lle roedden nhw ar fin cael rhyw? Sut oedd hyn yn gweithio? Oedden nhw wedi cael rhyw ar ryw *astral plane* nad oedd hi'n ymwybodol ohono? Roedd y busnes breuddwydio yma'n gymhleth. Eniwei, doedd dim gobaith am ryw am ychydig, ddim tra oedden nhw ar yr iâ. Ond pam roedd hi wedi cytuno i'r fath weithgaredd? Doedd dim gallu ganddi mewn unrhyw chwaraeon. Symudai mor osgeiddig â jac y baglau! 'Sori, 'sdim lot o siâp arna i!' Aw, roedd ei phen-ôl yn brifo nawr.

'Ti 'di neud ymdrech deg,' meddai Morgan yn garedig. 'A wy'n mwynhau dy ddal di pan ti'n syrthio!'

'Mae'n dechre mynd 'bach yn *embarrassing* nawr,' hwffiodd Erin. 'Wnes i syrthio pan gwrddon ni gynta, a nawr fan hyn eto. Byddi di'n meddwl bod rhywbeth yn bod arna i.'

''Sdim byd yn bod arnat ti, rwyt ti'n berffaith,' a phlygodd i'w chusanu. Roedd gwres ei wefusau yn gwneud iddi lesmeirio. Beth oedd y pŵer 'ma oedd ganddo fe? A pham roedd hi'n breuddwydio amdano fe o hyd?

'Reit, beth am ddrincen fach i leddfu'r boen?'

'Ie, plis!' cytunodd Erin gan wthio'i llaw drwy ei fraich yntau. Sylwodd fod y ddau ohonynt wedi'u gwisgo mewn dillad cynnes, addas at sglefrio iâ. Wrth gwrs, yr wythdegau oedd hi ac roedd ganddi got Puffa borffor amdani, jîns tyn llwyd, a het a sgarff a menyg pinc llachar. Chwarae teg, hyd yn oed yn ei breuddwydion, roedd hi'n ymarferol iawn. Cymerodd bip bach slei ar Morgan ac roedd e'n gwisgo mewn cot *pea-coat* wlanen las tywyll, jîns, a bŵts DMs am ei draed. Roedd yn rhaid iddi drio peidio pyrfan arno fe fel hyn. Cynildeb pia hi rhag iddi godi ofn arno fe, a byddai'n dianc am byth o'i breuddwydion.

Arweiniodd Morgan hi oddi wrth y rinc tuag at y City Arms yng nghanol y ddinas. Wrth iddi gerdded i mewn, diolchodd nad oedd y lle mor wahanol yn nechrau'r wythdegau i'r hyn ydoedd heddiw. Prin oedd y bar wedi newid o gwbwl: yr un pren, a matiau cwrw yn addurno'r muriau.

Y peth gorau am yr wythdegau, heblaw am Morgan wrth gwrs, oedd prisiau'r diodydd. Roedd y dafarn dan ei sang a hithau'n nos Wener.

'Af i at y bar,' meddai Morgan. 'Cer di i weld os galli di fachu sedd.'

Dyna wahaniaeth arall rhyngddo fe a Wil. Dim ond am yn ail â hithau fyddai Wil yn mynd at y bar pan fydden nhw allan, ac yn talu am yn ail hefyd. Wrth gwrs, roedd hi'n annheg cymharu Wil â Morgan yn yr achos yma gan fod rheolau cymdeithasol wedi newid dipyn hyd yn oed ers yr wythdegau cynnar.

Llwyddodd Erin i ffeindio bwrdd bychan mewn cornel dywyll. Roedd llwyth o feicars o'u cwmpas, pyncs, myfyrwyr mewn *donkey jackets*, jîns a DMs, hen hipis a phobl gyffredin; meicrocosm o Gaerdydd yn yr wythdegau. Wel, meicrocosm a grëwyd gan ei dychymyg hithau. Canai'r grŵp Bucks Fizz 'The Land of Make Believe' ar y jiwc-bocs ac roedd cwmwl o fwg sigaréts yn hofran uwch eu pennau.

'Fodca a lemonêd, madam.' Gosododd Morgan y gwydryn o'i blaen.

'Diolch. Dylet ti adael i fi dalu am un ddiod, ti'n gwybod. Dwi ddim ishe cymryd mantais.'

'Ni ar ddêt, a'r dyn ddylai dalu.' Gwenodd Morgan arni wrth gynnau sigarét Silk Cut a chynnig un i Erin.

'Ti ddim yn credu mewn ffeministiaeth felly, Morgan?'

'Wy'n credu mewn hawliau cyfartal i ferched,' nodiodd Morgan. 'Ond o ran cwrteisi – agor drysau i ferched, cynnig seddau iddyn nhw, talu am ddiodydd – wel, ces i'n fagu i fod yn ŵr bonheddig gan fy rhieni.'

'Digon teg,' gwenodd Erin. Gwyddai yn ôl yr adroddiad yn y papur newydd am ei angladd fod ei rieni wedi marw, ond doedd hi ddim wedi holi amdanyn nhw, rhag achosi poen iddo fe a dryllio'r freuddwyd yn y broses. Ond efallai y dylai hi holi mwy am ei gefndir rhag iddo feddwl nad oedd diddordeb gyda hi mewn dysgu mwy am ei chariad newydd.

'Gwranda, 'wy ishe dysgu mwy amdanat ti,' meddai Morgan yn sydyn, fel petai e'n darllen ei meddyliau.

'Beth wyt ti ishe gwybod?' holodd Erin yn chwareus, gan feddwl y byddai'n rhaid iddi fod yn ofalus rhag gollwng y gath allan o'r cwd ei bod hi wedi cael ei geni yn 1984!

'Wel, dy ddyheadau ti. Beth wyt ti ishe allan o fywyd, ble ti ishe bod mewn pum mlynedd?'

Ffiw! Dim byd penodol am pryd neu ble ganwyd hi, pa ysgolion fuodd hi ynddyn nhw ac yn y blaen. Ac roedd cwestiynau dyfnach a mwy treiddgar fel hyn yn nodweddiadol o Morgan fel cymeriad. Cofiai Wil yn gofyn iddi ar eu hail ddêt a oedd hi wedi cael *boob job* ai peidio gan fod ganddi fronnau mor sylweddol. *Classy*!

'Wel, 'wy ishe bod yn awdur llawn amser. Dwi ddim ishe gweithio mewn swyddfa. Dwi ddim ishe cael bòs. 'Wy ishe bwthyn bach yn y wlad sy ymhell o bob man 'da tho gwellt a chwpwl o gathod, a ieir yn crafu wrth y drws cefn ...' Stopiodd, gan fod y rhestr yma yn dangos ei bod hi wedi meddwl yn rhy ddwys falle am fywyd cwbl wahanol i'r un oedd ganddi. Roedd hi eisiau gorffen ei rhestr gan ddweud, 'A ti yn y gwely, yn noethlymun, 'da fi am byth.' Ond byddai'r fath ddatganiad eofn yn siŵr o godi ofn arno fe.

'Dyna ddigon o'n ffantasïau i. Beth wyt ti ishe, Morgan?' Taflodd y cwestiwn yn ôl ato fe.

Syllai Morgan i'r pellter fel petai'n gweld ei fywyd delfrydol o'i flaen fel gwylio ffilm yn y sinema. ''Wy ishe byw ar un o Ynysoedd y Galápagos a nofio gyda'r crwbanod mawr. Os oes yn rhaid i fi weithio, bydda i'n coginio mewn caffi bach ar yr ynys a thaflu ambell i gimwch ar y tân ... 'Wy ishe teimlo'r haul ar fy wyneb a'r tywod rhwng bysedd fy nhraed a pheidio â phoeni am ddim byd ...' Cydiodd yn ei llaw. 'Beth amdani? Wyt ti ishe dod 'da fi?'

Chwarddodd Erin a'i gusanu. 'Odw plis! Mae'n swnio'n wych! Pryd ewn ni?'

'Wel, wy'n safio arian i fynd, ond mae'n anodd ofnadw gyda'r rhent a'r biliau uchel ... Rhyw ddydd, gobeithio ...' Llowciodd Morgan ei gwrw.

'Es i i deithio am gwpwl o fisoedd ar ôl coleg ... Jyst o gwmpas Ewrop. Roedd e'n wych,' meddai Erin. Roedd hi eisiau dangos iddo fe ei bod hi'n gosmopolitan hefyd ac wedi gweld peth o'r byd. 'Petawn i'n ennill y loteri ...'

Crychodd Morgan ei dalcen, 'Y loteri?'

Aw, *shit*! Doedd dim loteri ym Mhrydain yn yr wythdegau ond gwyddai Erin fod yr Americanwyr wedi bod wrthi ers blynyddoedd. 'Fel yn America – ma nhw'n ennill miliynau ar y loteri bob wythnos.' Roedd hi'n dipyn o straen ceisio cofio beth oedd yn bodoli yn nechrau'r wythdegau a beth oedd ddim. Tybed a ddylai ddweud wrth Morgan ei bod hi'n perthyn i'r dyfodol? A fyddai ots ganddo? Breuddwyd oedd hi wedi'r cwbl ac os mai hi oedd yn rheoli beth oedd yn digwydd yn y freuddwyd, oni allai hi reoli ei ymateb e hefyd? Ond roedd arni ormod o ofn i dorri'r rhith; roedd rhywbeth yn dweud wrthi y dylai barhau â'r ffugio.

''Sdim gobaith i ni gael dim byd fel 'na fan hyn,' ochneidiodd Morgan. 'Bydd jyst raid i ni neud ein lwc ein hunain. Cei di gyhoeddi nofel sy'n *bestseller* ac fe wna i ddangos fy nghymwysterau fel ffeminist a gadael i ti dalu am ein bywyd newydd yn y Galápagos!'

'Wy'n gwybod am un ffordd galli di dalu dy ffordd,' rhoddodd Erin ei llaw ar ei glun yn awgrymog ac roedd hi'n falch o weld bod ei chyffyrddiad wedi'i gyffroi.

'Ti'n ferch ddrwg iawn,' gwenodd arni a gwasgu ei llaw yn dynn yn erbyn ei law yntau. 'Stopia hi nawr, neu bydd raid i fi dy gael di fan hyn ar y bwrdd!'

Roedd Erin yn synnu pa mor ddigywilydd a rhydd oedd hi yn ei breuddwydion. Fyddai hi byth wedi meiddio gafael yn Wil fel hyn mewn lle cyhoeddus, hyd yn oed yn ei medd-dod, hyd yn oed nawr. *Shit!* Gobeithio nad oedd Morgan yn meddwl ei bod hi'n slwten yn bihafio fel hyn gyda phawb.

'Morgan, dwi ddim arfer bod mor ewn â hyn, ti'n gwybod. Dim ond dwy berthynas 'wy wedi cael o'r blaen.' Roedd hyn yn wir Wil: wrth gwrs, ac Iwan. Cariad coleg oedd Iwan am ryw ddwy flynedd cyn iddi gwrdd â Wil pan oedd hi'n ddwy ar hugain. Wrth gwrs, roedd hi wedi cael sawl ffling cyn cwrdd ag Iwan, ond doedd y rheiny ddim yn cyfri fel perthynas.

'Ond doedden nhw ddim yn ddifrifol, ddim fel wy'n teimlo amdanat ti.' Gwridodd Erin wrth arllwys ei chwd fel hyn iddo fe.

Gwenodd Morgan. 'Dwi erioed wedi teimlo fel hyn am ferch o'r blaen chwaith.'

Teimlodd Erin grafangau cenfigen yn darnio'i chalon wrth iddi feddwl am Morgan yn caru merch arall. 'Oes ots 'da ti 'mod i'n busnesu a holi sawl cariad wyt ti wedi'i gael yn y gorffennol? Does dim rhaid i ti ddweud os wyt ti ddim ishe wrth gwrs.' Trodd Erin ei golygon oddi wrth ei lygaid brown treiddgar a chynnau sigarét. Oedd hi wirioneddol eisiau clywed am gariadon eraill wnaeth gipio'i galon?

'Wel, 'wy wedi cael dwy berthynas lled ddifrifol,

wnaeth bara rhyw ddwy flynedd yr un. Roedd fy nghariad diwetha, Angie, wel, roedd hi'n ferch ddigon neis ... Ond o'n i'n gwybod o'r dechrau na fyddai'r berthynas yn para. Roedd hi ishe pethe gwahanol. Roedd arian yn rili bwysig iddi hi. Roedd hi ishe tŷ crand fel yr un yn *Dallas* ac roedd hi'n *obsessed* 'da Lady Di! Yn casglu llwyth o gylchgronau amdani ac yn ceisio dynwared steil ei gwallt a'i dillad hi! Wel, gorfes i orffen pethe pan oedd hi ishe i fi ddechrau gwisgo fel Prince Charles!'

Chwarddodd Erin nes bu bron iddi dagu ar y fodca. 'Beth? Oedd hi ishe i ti wisgo siwt?'

'O oedd, fel yr un wisgodd e yn y llun yna pan wnaethon nhw ddyweddïo. Roedd hi wedi prynu copi o'r siwt las yna wisgodd Diana yn y llun. Ac roedd hi ishe i fi brynu modrwy ddyweddïo fel un Di iddi hefyd!'

'Diana druan,' meddai Erin yn ddifeddwl, o gofio diwedd trasig y dywysoges.

'Be ti'n feddwl? Mae hi'n werth ei miloedd!' *Shit!* Dyna hi wedi rhoi ei throed ynddi eto. 'Wel, ydy, ond meddylia am yr holl straen o fod yn wyneb y cyhoedd bob awr o'r dydd ... Fyddwn i ddim ishe bywyd fel Lady Di na'i dillad na'i gwallt hi chwaith ...'

'A dyna pam wy'n dy garu di ...'

Syllodd Erin yn syn ar Morgan. Beth? Ddywedodd e ei fod e'n ei charu hi? Mor glou â hynny? Oedd hi mor despret â hyn – fod dyn ei breuddwydion yn datgan cariad pur o fewn diwrnodau, wel oriau, o'i hadnabod? Edrychodd arno mewn anghrediniaeth.

'O *shit*!' meddai Morgan. 'Ydw i wedi codi ofn arnat ti'n defnyddio'r gair yna – "cariad"?'

Synhwyrodd Erin ei fod yn difaru rhannu ei

deimladau er gwaetha'r ysgafnder yn ei lais. 'Na, ddim o gwbl,' gwenodd arno'n dyner. Dotiai at y ffordd y crychai ei dalcen pan oedd e'n canolbwyntio'n galed. Cusanodd e'n ysgafn. 'Wy'n falch bo' ti wedi dweud hynna achos fe deimles i e'r tro cynta wnaethon ni gwrdd â'n gilydd. Ond o'n i ddim ishe i ti feddwl 'mod i'n *bunny boiler* neu rywbeth.'

'*Bunny* be?'

'O, slang Americanaidd am fenyw sy'n ... yymm ...' *Shit* eto! 'Sy'n cwmpo'n rhy glou am ei chariad ac yn ei hela fe i fihafio fel ... cwningen.'

'Yffach! Ti'n gwybod lot am bethe Americanaidd ...'

'Gwylio gormod o ffilmiau a darllen gormod o lyfrau *pulp fiction*, sbo!'

'Wy'n lico fe ... Wy'n dysgu pethe newydd.'

'A dwi erioed wedi cwrdd â dyn fel ti o'r blaen. Wy'n dechrau becso pa mor gryf ma 'nheimladau i tuag atat ti ...' Fedrai hi ddim dweud mwy; gallai deimlo lwmpyn yn ei gwddf wrth iddi frwydo i gadw'r dagrau yn ôl. Beth oedd yn digwydd? Ai grym y llif oedd yn ceisio dianc o'i chrombil a thorri'r argae, gan ddangos cymaint oedd angen cariad arni ac nad oedd ganddi serch angerddol a dwfn yn ei pherthynas â Wil?

'Wna i byth dy frifo di, Erin,' sibrydodd Morgan yn ei chlust. Ac o flaen pawb yn y dafarn, gafaelodd ynddi a'i chusanu'n nwydus.

'Oi! Frawd mawr, beth wyt ti'n neud fan hyn yn lapswchan gyda'r ferch 'ma druan?' Trodd Erin o'i goflaid mewn sioc a gweld Lisa, chwaer Morgan, a dyn ifanc â barf *goatee* a gwallt cyrliog, gwyllt yn gwmni iddi.

'Beth wyt ti'n neud 'ma, trwbwl?' chwarddodd Morgan.

Doedd dim embaras o gwbl yn ei ymddygiad wedi iddo gael ei ddal mewn snog danbaid, sylwodd Erin. Yn wahanol iawn i Wil, oedd yn gyndyn iawn o ddal ei llaw o flaen y bois rygbi hyd yn oed.

'Wel, o'n i o dan yr argraff taw tafarn oedd hon a byddai modd i fi gael diod feddwol yma. Rhodri, wnei di nôl G an' T i fi, plis? Ydych chi'ch dau yn iawn am ddiod neu ydych chi'n rhy brysur yn snogo i yfed?'

'Fe a' i at y bar 'da Rhodri,' meddai Morgan gan bwnio'i chwaer yn chwareus ar ei hysgwydd. "Run peth eto, Erin?'

'Ie, plis,' nodiodd Erin. Gwyliodd Lisa yn bachu dwy gadair o fwrdd gerllaw. Roedd hi'n debyg iawn i'w brawd: yr un llygaid brown tywyll trawiadol, y wên â'r pantiau bach deniadol yn ei bochau. Ond roedd hi'n fwy allblyg a siaradus na'i brawd, yn 'haden' fel byddai ei mam yn ei ddweud.

'Oes ots 'da chi bo' ni'n ymuno 'da chi, *lovebirds*? 'Wy bron â marw ishe gwybod mwy am y ferch 'ma sy 'di dwyn calon fy mrawd mawr.'

Gwridodd Erin yn falch. Roedd hi'n amlwg fod Morgan wedi bod yn siarad amdani wrth ei chwaer 'te. Roedd Erin yn awyddus i ddysgu mwy am Lisa hefyd, felly roedd hi'n fwy na hapus i gael ei chwmni.

'Dim o gwbl. Wy'n gobeithio y galli di rannu ambell gyfrinach am dy frawd 'da fi,' gwenodd Erin yn ddireidus.

'Wel, ble i ddechre ...' oedodd Lisa wrth gynnau ei sigarét. Cynigiodd hi un i Erin a derbyniodd hithau. Teimlai Erin yn gwbl gartrefol yng nghwmni Lisa; roedd ganddi'r un ffordd agos atoch gyda phobol â Morgan. 'Mae e'n ddyn bonheddig, mae e'n becso am bobol eraill, am frifo'u teimladau. Pan gollon ni Mam a

Dad ... fe oedd popeth i fi ... Wel, fe *yw* popeth i fi ...'
Edrychodd Lisa'n fanwl ar Erin.

'Ma'n ddrwg 'da fi. Dyw Morgan ddim wedi dweud rhyw lawer am ei fam a'i dad, ac o'n i ddim yn lico busnesu.'

'Fe gollon ni Dad o drawiad ar y galon, yn ddisymwth, pan oeddwn i'n ddeuddeg a Morgan yn bedair ar ddeg. Roedd e'n 48 oed ac allan yn garddio pan gwympodd e ... Morgan ffeindiodd e ...'

Gallai Erin weld y dagrau'n cronni yn llygaid prydferth Lisa. Cydiodd yn ei llaw yn llawn cydymdeimlad. 'Wedyn, dair blynedd yn ddiweddarach, gollon ni Mam o ganser y fron. Dyw hi ddim wedi bod yn rhwydd. Wy'n meddwl mai dyna pam mae Morgan yn llawer mwy aeddfed na dynion eraill ei oed e,' meddai Lisa'n synfyfyriol a fflicio llwch ei sigarét yn slic i'r blwch llwch gerllaw.

'Mae e'n ddyn arbennig,' cytunodd Erin. Teimlai ychydig yn hunanymwybodol yn siarad amdano fe â'i chwaer fel hyn a hithau ond newydd ddechrau dod i'w nabod e. 'Dwi erioed wedi cwrdd â rhywun sy mor gynnes, mor agored ...'

'Mae e'n seren,' gwenodd Lisa. 'Ond paid â dweud wrtho fe 'mod i'n dweud hynny rhag i'w ben e chwyddo!' Dychwelodd ysgafnder i'w lais. 'Beth amdanat ti, Erin? Oes brodyr, chwiorydd – rhieni 'da ti?'

'Unig blentyn,' atebodd Erin. 'Ma Mam a Dad yn byw yng Nghaerfyrddin: Dad yn athro mathemateg a Mam yn fydwraig.'

'Ac rwyt ti'n newyddiadurwraig, meddai Morgan. Unrhyw sgŵps y galli di eu rhannu 'da ni? Cynghorwyr llwgr yn ymweld â phuteiniaid yn lle gweithio, falle?'

'Wyt ti wedi bod yn holi perfedd Erin, gwed?'

Ymunodd Morgan a Rhodri â nhw a gosod eu diodydd o'u blaenau.

'Dim ond dangos diddordeb yng nghariad newydd fy mrawd mawr annwyl, dyna i gyd.' Gwenodd Lisa'n gynnes ar Erin a chochodd hithau wrth ei chlywed yn defnyddio'r gair 'cariad'. Roedd cariad ganddi eisoes. Ond doedd dim ots, achos dim ond breuddwydio oedd hi a bwriodd Wil allan o'i meddwl wrth iddi fwynhau'r sgwrs rhwng Lisa, Morgan a Rhodri.

Bachgen tawel oedd Rhodri â gwên rwydd a hiwmor sych a pharod i fynd gyda hi. Roedd e'n amlwg yn dwlu'n lân ar Lisa ac yn edrych arni â thynerwch a balchder. Sylwodd fod y berthynas rhwng Rhodri a Morgan yn un agos hefyd. Roedd y ddau'n trafod y sgandal ddiweddara fod Ozzy Osbourne wedi cnoi pen ystlum byw bant ar lwyfan wrth wneud gig yn Iowa.

'Dyw e ddim hanner call,' datganodd Lisa. 'Yr ystlum druan.'

'Wy'n meddwl ei fod e dan yr argraff mai un plastig oedd e,' atebodd Erin gan gofio gweld Ozzy ar raglen ddogfen BBC4 yn trafod y digwyddiad yn ei ffordd ddi-drefn unigryw ei hun yn ddiweddar.

'Ti'n ffan o Sabbath 'te, Erin?' Winciodd Lisa arni.

'Yymm … na. Dim cweit. Wy'n fwy o fenyw Blondie a Bowie.'

'Damo!' ebychodd Morgan. 'A finne'n meddwl mai ti oedd y fenyw berffaith!'

'Ma Bowie yn dduw!' gwaeddodd Lisa wrth iddi agor pecyn o gnau a stwffio dyrnaid yn ei cheg yn awchus.

Chwarddodd Erin wrth iddyn nhw figitan am albym gorau Bowie. Roedd hi mor hapus ac roedd Lisa a Rhodri yn hyfryd. Doedd hi ddim ishe deffro.

Pennod 4

Annwyl Erin,

Byddwn yn hapus i siarad am Morgan gyda chi. Ydych chi'n rhydd prynhawn yma – tua 3pm? Dewch i adeilad yr Ysgol Seicoleg – dwi yn ystafell 4682.

Cofion,
Lisa

Doedd Erin ddim yn siŵr a oedd hi eisiau gweld Lisa wedi'r cwbl nawr. Beth os mai hi oedd y Lisa yn ei breuddwydion? Byddai hynny'n golygu naill ai ei bod hi'n wallgof neu'n seicig – neu'r ddau. Ond gwyddai fod yn rhaid iddi ddarganfod y gwir a dysgu mwy am Morgan hefyd. Pam roedd hi'n mynnu breuddwydio amdano fe drwy'r amser? Oedd e'n ceisio rhoi neges iddi? Rhywbeth am ddirgelwch oedd angen ei ddatrys ynglŷn â'i farwolaeth? O, roedd hyn yn dechrau swnio fel ffilm Hollywood sâl. Meddyliodd am anfon e-bost at Carys yn rhoi'r newyddion diweddaraf iddi, ond penderfynodd beidio. Wel, doedd dim pwynt nes iddi weld ai'r Lisa go iawn oedd y ferch yn ei breuddwydion. Anfonodd e-bost at Gwenan, ei bòs, yn dweud y byddai'n mynd i gyfweld Lisa ar gyfer yr erthygl. Edrychodd ar y cloc – ymhen ychydig oriau byddai'n gwybod y gwir.

'Dewch i mewn!'

Pesychodd Erin yn nerfus cyn agor y drws i'r swyddfa fechan. Roedd y fenyw yn eistedd a'i chefn tuag ati. O'r cefn roedd ei gwallt hir yn donnau aur am ei hysgwyddau. Roedd gwallt tywyll gan y Lisa yn ei breuddwydion. Ond gallai hi fod wedi'i liwio, mae'n debyg.

Trodd y fenyw i'w hwynebu a thynnodd Erin anadl gyflym gan geisio cuddio'i sioc. Doedd dim amheuaeth: er ei bod hi'n ddeng mlynedd ar hugain yn hŷn, yr un Lisa oedd hon a'r un ymddangosodd yn ei breuddwydion – yr un llygaid brown treiddgar, yr un wên, yr un fenyw. *Shit*! Rhaid ei bod hi'n sefyll yno â'i cheg yn agor a chau yn gwmws fel pysgodyn aur. Byddai'r fenyw, siŵr o fod yn meddwl ei bod hi'n nytar neu rywbeth. *Get a grip*!

'Erin, ife?' Estynnodd Lisa ei llaw'n gyfeillgar.

'Ie. Diolch yn fawr am gytuno i 'ngweld i, Doctor Harries.' Ysgydwodd Erin ei llaw gan geisio'i hailfeddiannu ei hun.

'Lisa, plis.'

'Lisa.'

'Wel, dim ond rhyw hanner awr sydd gen i i'w sbario, mae'n ddrwg gen i. Mae gen i fyfyrwyr yn dod am diwtorial am hanner awr wedi tri.'

'Dim problem, wy'n ddiolchgar i chi am eich hamser.'

'Felly, ry'ch chi'n ysgrifennu erthygl am feinciau coffa.'

'Ydw. Ces i'r syniad pan o'n i'n eistedd ar fainc goffa Morgan. Roedd e mor ifanc yn marw ...' Oedodd Erin yn lletchwith. Roedd hi'n anodd iawn siarad am farwolaeth, heb sôn am farwolaeth rhywun roedd hi mewn cariad ag e.

'Oedd.' Edrychodd Lisa ar lun oedd ar ei desg. Trodd y llun a'i ddangos i Erin. Unwaith eto teimlodd hithau ias afreal wrth ei adnabod yn syth fel ei 'Morgan hi'. Gwenai yntau'n llawn hapusrwydd yn ôl arni a thorrodd calon Erin yn dawel o'i weld. Roedd yn sefyll wrth far mewn tafarn yn rhywle yn smygu sigarét ac yn chwerthin yn braf. Safai Rhodri a Lisa wrth ei ochr a'u breichiau am ei ysgwyddau – y ddau'n dal peintiau o gwrw yn fuddugoliaethus i'r camera.

'Dyma fe. Dyna'r noson ddigwyddodd y ddamwain.' Gwenodd Lisa ond chyrhaeddodd y wên ddim o'i llygaid. Damo! A fyddai'n well iddi beidio â dangos ei bod hi'n gwybod pa un o'r dynion oedd Morgan? Er, roedd y tebygrwydd rhyngddi hi a'i brawd yn ddigon amlwg mewn gwirionedd.

'Roedd e'n foi golygus iawn. Pwy yw'r bachgen sy 'da fe yn y llun?'

'Rhodri, fy ngŵr i.' Y tro hwn cyrhaeddodd y wên ei llygaid hefyd.

Teimlodd Erin hapusrwydd yn golchi drosti o feddwl bod perthynas Rhodri a Lisa wedi goroesi dros dri degawd.

'Fydde hi'n iawn i fi recordio'n cyfweliad ni?' holodd Erin gan dynnu recordydd bychan o'i bag.

'Iawn, siŵr,' atebodd Lisa. 'Sori, dylwn i fod wedi cynnig coffi neu rywbeth i chi.'

'Na, wy'n iawn, diolch,' meddai Erin. Roedd amser yn brin a doedd hi ddim eisiau colli munudau gwerthfawr yn aros i'r tegell ferwi.

'Wel, beth o'ch chi ishe gwybod?'

'Allwch chi ddweud wrtho i beth ddigwyddodd, noson y ddamwain?'

'Roedden ni wedi bod yn y dafarn. Fi oedd yn gyrru.

Y dyddie hynny doedd dim hanner cymaint o ffys am yfed a gyrru. Dim ond dau beint o'n i wedi'u hyfed yn ystod y noson gyfan. O'n i ddim wedi meddwi. O'dd Morgan a Rhodri wedi cael sesh a hanner. Dathlu pen-blwydd Rhodri o'n ni ...' Dechreuodd frwydro yn erbyn y dagrau ond aeth ymlaen â'i stori. 'O'n i bron â chyrraedd adre, o'n i wedi cyrraedd Pont y Brenin a daeth y car 'ma o nunlle. Roedd y gyrrwr wedi bod yn yfed, wedon nhw yn y cwest ... Roedd e'n mynd yn rhy glou i arafu a doedd dim arwyddion i weud bod troad peryglus yn yr hewl yna. Fydde fe ddim wedi gwneud gwahaniaeth. Roedd y gyrrwr arall mor feddw. Aeth e'n syth mewn i ni. Ochr Morgan gafodd hi waetha. Fe fuodd e farw'n syth, wedon nhw ...' Oedodd a chymryd llymaid o ddŵr.

'Beth ddigwyddodd i'r gyrrwr arall?' holodd Erin yn dawel, yn brwydro yn erbyn dagrau ei hun, cymaint oedd grym galar amlwg Lisa o hyd.

'Torrodd e ei goesau ond o'dd e'n lwcus. Roedd car mawr gydag e – Land Rover. Chafodd e ddim carchar hyd yn oed. Collodd ei drwydded am ddwy flynedd – dyna i gyd.' Daeth chwerwder i'w llais. 'Y dyddiau hynny doedd neb yn becso dam os oeddet ti'n yfed a gyrru ...'

'Sut un oedd Morgan?' Nawr am y *nitty gritty*, a theimlodd Erin bigad o euogrwydd ei bod hi'n pwyso ar Lisa fel hyn am wybodaeth, ond roedd yn rhaid iddi gael atebion. Os câi atebion yna efallai y gallai esbonio pam roedd hi'n breuddwydio fel hyn. Wrth gwrs, roedd hi mewn cariad hefyd ac eisiau gwybod cymaint ag y medrai am Morgan.

'Fel ei chwaer, mae gen i ragfarn wrth gwrs. Roedd e'n ddyn arbennig – hollol arbennig – roedd e'n alluog, yn ddoniol, yn llawn hwyl. Wrth ei fodd gyda cherddoriaeth, sgio, sglefrio ac anifeiliaid.' Gwenodd wrth siarad am ei brawd a thrawsffurfiwyd ei hwyneb i'r Lisa ifanc a ffri yn 1982 unwaith eto. Teimlai Erin yr un hoffter tuag ati ag y gwnaethai yn ei breuddwyd y noson o'r blaen. Trueni na allai rannu ei stori â hi ond gwyddai y byddai Lisa yn meddwl ei bod hi'n wallgof neu waeth os gwnâi hi hynny. Roedd yn rhaid iddi fod yn broffesiynol.

'Ei freuddwyd fawr oedd nofio gyda'r crwbanod yn Ynysoedd y Galápagos ...' Chwarddodd Lisa. 'Fe oedd breuddwydiwr teulu ni.'

Ynysoedd y Galápagos! O Dduw! Doedd dim amheuaeth o gwbl bellach. Fyddai Erin erioed wedi medru dyfalu'r fath ffaith anarferol ar ddamwain. Llwyddodd i beidio â dangos dim o'i theimladau i Lisa. Edrychodd ar ei horiawr. Well iddi ei siapo hi cyn i'r myfyrwyr ddiawl yna gyrraedd. Nawr am y cwestiwn mawr. 'Yymm, oedd cariad 'da fe?'

'Na. Roedd e wedi cael cwpwl o gariadon ond doedden nhw ddim wedi para'n hir iawn. Roedd gan yr un ddiwetha obsesiwn am y Dywysoges Diana!' Chwarddodd Lisa eto.

O Dduw! Roedd hyn yn ormod i Erin. Ffaith ar ôl ffaith o'i breuddwyd yn cael eu cadarnhau. Dechreuodd deimlo'i bod hi'n colli rheolaeth ar ei hanadlu. Roedd yn rhaid iddi ddianc o'r ystafell yma cyn i Lisa synhwyro bod rhywbeth o'i le. Daeth cnoc ar y drws i achub y dydd.

'A, mae'n ddrwg 'da fi, dyma'n myfyrwyr i, mae'n rhaid. Oes digon o wybodaeth 'da chi?'

'Oes, diolch. Fe wna i eich ebostio chi os bydd rhywbeth arall – os ydy hynny'n iawn 'da chi. O, a tybed fyddai modd i mi gael copïau o unrhyw luniau sy 'da chi o Morgan?'

'Wrth gwrs, fe wn i ebostio nhw draw. Bydd angen i fi eu sganio nhw. Ac os allech chi roi gwybod i fi pan fydd yr erthygl yn y papur ...'

'Mi wnaf yn siŵr. Diolch yn fawr iawn i chi unwaith eto am eich amser.'

Ysgydwodd Lisa ei llaw. 'Pleser. Wy'n falch fod pobol yn dal i gofio am Morgan. Dyna bwrpas y fainc, sbo.'

Gadawodd Erin yr ystafell yn ddiolchgar. Roedd yn rhaid iddi siarad gyda Carys am hyn cyn gynted ag y medrai! Sut allai hi esbonio'r holl ffeithiau yma'n dod yn wir?

'*Past life!*' cyhoeddodd Carys yn fuddugoliaethus a thywallt gwydraid arall o win coch i Erin. Roedd Erin wedi gofyn iddi am 'gyfarfod argyfwng' y noson honno ac wrth lwc roedd Carys yn rhydd ac wedi'i gwahodd draw i'w fflat yn Cathays. Doedd dim modd cwrdd yn nhŷ Erin a Wil am resymau amlwg.

Roedd Wil wedi grwgnach fod Erin yn mynd allan eto gyda Carys. 'Dim ond echnos welest ti hi! Odych chi'ch dwy'n cael *lesbian affair* neu rywbeth?'

'Odyn, achos o leia mae hi'n gwybod lle mae'r *clitoris!*' atebodd Erin yn syth er iddi deimlo'n euog ei bod hi'n mynd i siarad am ddyn arall gyda'i ffrind, er bod y dyn hwnnw wedi marw. A dweud y gwir, roedd pethau rhyngddi hi a Wil yn eitha da ar hyn o bryd heblaw am y ffaith nad oedden nhw wedi cael rhyw ers oes pys. Roedd hi'n ymdrechu i fod yn neis tuag ato fe, o euogrwydd yn fwy na dim.

'Ha, ha! Wel 'sdim ots, fe gaf i noson fach neis yn gwylio *Game of Thrones* hebddot ti!' crechwenodd Wil.

'Feiddi di ddim!' protestiodd Erin. Roedden nhw ill dau wrth eu bodd gyda'r gyfres wallgof, waedlyd a rhywiol hon, ac roedd cymeriad Robb Stark, y pishyn ifanc â gwallt cyrliog, yn atgoffa Erin o Morgan ... O Dduw, allai hi ddim â stopio'i hun!

'*Past life*?' holodd hi Carys oedd yn stwffio hufen iâ Magnum yn ei cheg yn awchus erbyn hyn.

'Ie, mae'n amlwg. Ti yw Morgan. Dyna pam ti'n gwybod cymaint amdano fe. Beth ma nhw'n galw fe? *Reincarnation.*'

'Ie, ond pam fydden i ishe cael rhyw gyda fi'n hunan o'r wythdegau?'

'Paid gofyn i fi. Ti'n *fucked up*, mae'n amlwg!' Chwarddodd Carys ar ei ffraethineb ei hunan.

'Wel, diolch Carys. Mae hyn wedi bod yn lot o help.' Yfodd Erin ei gwin yn ddiflas a chynnau sigarét.

'Ers pryd wyt ti wedi dechrau smygu eto?' holodd Carys, oedd yn ysmygwraig 'lawn amser' yn ôl ei disgrifiad smyg hi ei hun.

O diawl! Dim ond achos ei bod hi wedi bod yn smygu yn ei breuddwydion yn yr wythdegau. Ond byddai dweud hynny'n swnio'n hollol wallgof hefyd. 'Yymm ... 'Wy ond yn cael ambell un nawr ac yn y man. Eniwei, ma pethe pwysicach 'da ni i'w trafod.'

Ochneidiodd Carys, arhosodd am funud ac yna difrifolodd. 'Ti ishe mynd i siarad 'da rhywun am hyn? Shrinc neu rywbeth?'

'Ti'n meddwl 'mod i'n wallgo, on'd wyt ti?'

'Nagw, ddim o gwbl. Ond ma rhywbeth od ar y diawl yn mynd mlân. Ma'r breuddwydion yma'n arwydd nad yw pethe'n iawn yn dy fywyd di, wy'n meddwl. Ond, hei, dwi ddim yn arbenigwr. Wnele fe ddim drwg i siarad 'da seicolegydd. Eu gwaith nhw yw dadansoddi breuddwydion, ontefe?' Cafodd Carys fflach sydyn o ysbrydoliaeth. 'Hei! Beth am Lisa, chwaer Morgan? Mae hi'n Athro Seicoleg, nagyw hi?'

'O ie, byddai hi'n gallu bod yn wrthrychol iawn. *Not!*' ebychodd Erin. Doedd dim cliw gan Carys pa mor ddifrifol oedd ei sefyllfa. Ac am awgrymu seicolegydd. Hy! Dim ffiars! Gallen nhw ei hanfon hi i'r lŵni bin fel digwyddodd i Anti Gladys druan flynyddoedd yn ôl. Doedd neb yn y teulu'n siarad am Anti Gladys, sef chwaer tad-cu Erin. Fe redodd hi'n noethlymun drwy'r mart yng Nghaerfyrddin 'nôl yn y pumdegau ac aethon nhw â hi'n syth i Ysbyty St David's, mewn *straightjacket*. Ddaeth hi byth mas a bu farw yno ddiwedd yr wythdegau.

Gwenodd Erin a thywallt gwydraid arall o win iddyn nhw eu dwy. 'Diolch am wrando arna i, Carys. Wy'n gwybod 'mod i'n swnio fel lŵni llwyr.'

'Dim mwy nag arfer,' chwarddodd Carys. Ond gallai Erin deimlo bod ei ffrind yn anesmwyth gyda'r sgwrs. Penderfynodd mai dyma'r tro diwethaf y byddai'n siarad gyda Carys am Morgan. Gwyddai Erin nawr ei bod hi ar ei phen ei hun.

Pennod 5

'Dyw *Indiana Jones* ddim cystal â *Star Wars*,' datganodd Morgan yn bendant wrth iddyn nhw adael sinema'r Odeon ar Heol y Frenhines. Cymerodd rai eiliadau i Erin gyfarwyddo â sefyllfa'r freuddwyd y tro hwn. Iawn, roedden nhw newydd weld ffilm Indiana Jones, *Raiders of the Lost Ark* yn amlwg, fel roedd y poster ar y drws yn awgrymu. Roedd hi'n dechrau dod i arfer â'r broses lle byddai'n glanio'n annisgwyl yng nghanol *scenario* gyda Morgan yn ei breuddwydion, heb ddim rhybudd nac esboniad. Diolchodd nad sglefrio oedden nhw'r tro hwn!

'Be? O'dd hi'n wych! Ffilm orau Spielberg o bell ffordd, a bydd mwy i ddod. Aros di nes bo' ti'n gweld Sean Connery ...' Damo! Dyma hi eto'n rhoi ei throed ynddi a bu bron iddi ddatgelu stori'r drydedd ffilm yn y gyfres. Ond sylwodd Morgan ddim. Roedd e'n dal i ganu clodydd *Star Wars*.

'O'dd hi'n adloniant da ond doedd hi ddim yn glasur, ddim fel *Star Wars*. Betia i ti na fydd neb yn siarad am hon mewn ugain mlynedd.'

Gwenodd Erin: gwyddai hi fod y ddau ohonyn nhw'n iawn – y byddai *Star Wars* ac *Indiana Jones* yn cael eu hadnabod fel clasuron mewn deng mlynedd ar hugain heb sôn am mewn ugain mlynedd.

'Amser a ddengys,' chwarddodd Erin gan afael yn ei law. 'Wy'n gweld *Star Wars* yn fwy addas i fechgyn a bod yn onest. Er bod *Indiana Jones* yn eitha *Boy's Own* hefyd, ond mae'n dal i apelio at ferched. Y stori'n fwy gafaelgar, falle.'

'Mwy gafaelgar na brwydr oesol rhwng da a drwg? Pfft!' Cyneuodd Morgan sigarét yr un i'r ddau ohonynt wrth iddyn nhw gerdded i lawr Heol y Frenhines.

'Bydd yn rhaid i ni gytuno i anghytuno,' awgrymodd Erin yn ysgafn. Yna oedodd, cyn dweud beth roedd hi wedi bod yn ysu i'w ddweud am sbel nawr. Gwyddai fod amser yn brin yn y breuddwydion yma ac nad oedd ganddi unrhyw reolaeth drostyn nhw. Ond roedd hi bron â marw eisiau cysgu gyda Morgan. Chwarae teg, dyma'r trydydd dêt a fyddai e ddim yn meddwl ei bod hi'n slwten pe baen nhw'n cael rhyw nawr, fyddai e? Wedi'r cwbl, roedd merched yn fwy eofn o ran annog y dyn i gael rhyw erbyn yr wythdegau doedd bosib? Roedden nhw'n llosgi eu bras erbyn y saithdegau er mwyn dyn! 'Pam na chawn ni botel o win a mynd 'nôl i dy le di? Wy'n ffansïo noson gynnar.' Gwridodd Erin wrth weld ei fod e wedi deall yn syth beth roedd hi'n awgrymu.

'Syniad da,' cytunodd Morgan. 'Ond smo ni'n agosach i dy le di?'

Shit! Doedd ganddi ddim syniad ble roedd ei chartref yn y byd hwn. Allai hi ddim mynd ag e i'w fflat hi a Wil. Wel, byddai rhywun arall yn byw yno yn yr wythdegau. Meddyliodd am esgus. 'Ma fy ffrind i, Carys, yn aros 'da fi am gwpwl o wythnosau. Mae hi newydd orffen gyda'i chariad ac roedd angen rhywle i fynd arni.'

'Bydd raid i fi gwrdd â hi.'

O, diawl! Doedd hi ddim yn siŵr sut fyddai'n gallu cyflwyno rhywun o'r unfed ganrif ar hugain i mewn i'r breuddwydion yma. A doedd hi ddim eisiau Carys yna'n difetha popeth chwaith. Roedd y byd yma mor fregus. 'Mae Carys yn 'bach o fflyrt a bod yn onest. Mi fyddai hi'n sicr o fflyrtio gyda ti a dwi ddim eisiau dy rannu di 'da neb – ddim eto, 'ta beth! Nawrte, allwn ni gael tacsi, ti'n meddwl?' Roedd hi'n ysu am sesiwn garu gyda fe a doedd hi ddim eisiau gwastraffu hanner awr yn cerdded trwy'r dre ac yna'n cael ei deffro unwaith eto wedi colli cyfle arall.

'Wrth gwrs,' gwenodd Morgan wrth iddyn nhw gyrraedd y ranc tacsis gerllaw'r Theatr Newydd.

Punt yn unig oedd cost y tacsi i Stryd Arabella lle roedd Morgan yn byw. Roedd Erin yn dal i ryfeddu at brisiau isel yr wythdegau. Roedd ei rhieni wastad yn swnian bod pethau'n dynn yn ariannol bryd hynny ond jiawch, roedd popeth yn rhad ar y diawl o'i gymharu â 2012. Tra oedden nhw'n eistedd yng nghefn y tacsi, agorodd Erin gwpwl o fotymau ar ei ffrog. Nid oherwydd ei bod hi'n gynnes, ond oherwydd ei bod hi eisiau temtio Morgan. Heno, roedd hi'n gwisgo creadigaeth eitha cŵl o'r cyfnod: ffrog wen gwta gyda streipiau coch igam-ogam drosti. Nawr gallai e weld ei *cleavage* hi'n eitha amlwg. Roedd hi'n bihafio fel hoeden a doedd hi'n becso mo'r dam. Mwythodd fôn ei goes yn anghenus a gosododd yntau ei law ar ei choes hi. Teimlodd Erin gryndod drwy ei chorff wrth iddo'i chyffwrdd.

Sibrydodd Morgan yn ei chlust, ''Wy ishe ti nawr!'

Cusanodd hithau e'n chwareus. 'Amynedd!'

Bu bron i Morgan daflu'r bunt at y dyn tacsi, cymaint oedd eu brys i adael y car. Ymbalfalodd am ei allweddi wrth iddo agor drws ei gartref. ''Co beth ti'n neud i fi neud!' ffug-ddwrdiodd hi wrth i'r ddau ohonyn nhw syrthio i mewn i'r cyntedd.

''Co beth wyt ti'n neud i *fi* neud!' meddai Erin gan gymryd ei law a'i gosod ar ei bron iddo gael teimlo'i chalon yn curo'n afreolus er mwyn ei gyffroi ymhellach.

Gafaelodd Morgan ynddi a'i snogio'n angerddol. Yna, oedodd am eiliad. Sythodd Erin fymryn ar ei chorff gan boeni bod rhywbeth o'i le. Beth os nad oedd e'n ei ffansïo hi? Oedd ei bronnau hi'n rhy fawr? O'dd e'n cael traed oer? Ond yna lleddfwyd ei hofnau.

'*Shit*! 'Sdim gwin 'da fi.'

'Ffwcia'r gwin!' atebodd Erin, cyn ailfeddwl a chywiro'i hun. 'Na, ffwcia fi!'

Gafaelodd Morgan ynddi ac yn union fel yn y freuddwyd lesmeiriol ddiwethaf a gawsai pan oedd y ddau yn ei gartref, cariodd hi i fyny'r grisiau fel petai hi mor ysgafn â phluen. Rhwygodd y ddau ddillad ei gilydd i ffwrdd yn wyllt, cymaint oedd eu chwant am ei gilydd. A'r tro hwn ddaeth dim byd i darfu arnyn nhw.

O'r diwedd, roedden nhw'n caru. Doedd dim angen condom. Doedd dim angen euogrwydd. Roedd corff Morgan yn gadarn a chyhyrog a'i ddwylo'n gryf ond yn dyner. Cafodd Erini orgasm ar ôl orgasm; roedd hi'n lwcus i grafu *un* gyda Wil. Roedd hi dros ei phen a'i chlustiau mewn cariad â'r dyn.

'Wy'n dy garu di, Erin,' sibrydodd Morgan wrthi a'r ddau'n gorwedd ym mreichiau ei gilydd wedi llwyr ymlâdd.

'Wy'n dy garu dithe hefyd,' meddai hithau. 'Gobeithio nad wyt ti'n meddwl 'mod i'n rhy ewn, yn jwmpo arnat ti fel 'na. Dwi ddim yn arfer bihafio fel 'na, wy'n addo.'

'Wel, wy'n gobeithio y gwnei di fihafio fel 'na 'da fi'n lot amlach!' chwarddodd Morgan. Rhoddodd ei freichiau cryfion o'i chwmpas a'i thynnu i mewn i gynhesrwydd ei fynwes flewog. Pwysodd Erin ei phen arno'n gwbl hapus. Doedd hi ddim yn hoffi dynion gyda mynwesau blewog fel arfer ond roedd popeth am Morgan yn ei chyffroi. Gallai fod yn cadw brawd Chewbacca yn ei bants a byddai hynny'n *turn-on* hyd yn oed!

Teimlodd Erin ei gorff yn ymlacio oddi tani wrth iddo suddo'n araf i drwmgwsg. Trodd ei phen yn ofalus i edrych yn iawn ar ei wyneb golygus. Roedd hi eisiau cofio pob manylyn o'i wyneb – y brychni ar ei drwyn, y pant bach wrth ochr ei wefus, y blew amrant hir a thywyll. Pam roedd dynion yn cael amrannau ysblennydd fel rhai Marilyn Monroe, a merched yn gorfod cocsio'u rhai nhw gyda photel o fascara? Dechreuodd Erin ymlacio a sylweddolodd ei bod wedi blino'n llwyr. Roedd anadlu rhythmig Morgan yn ei chymell hithau i gau ei llygaid, dim ond am ychydig ...

Deffrodd yn wyllt o'i chwsg; doedd hi ddim eisiau colli dim o'r noson berffaith hon gyda Morgan. Ymlaciodd wrth deimlo'i freichiau o'i hamgylch o hyd. Ond yna, clywodd y chwyrnu mwyaf byddarol ar wyneb y ddaear. Roedd e'n swnio fel eliffant ag annwyd trwm. Doedd bosib fod ei Morgan secsi a pherffaith hi'n chwyrnu fel yna? Yna, sylweddolodd mai Wil oedd wrthi a'i bod hi yn ôl yn ei gwely ei hun yn 2012. Roedd y siom a deimlai'n gwasgu ar ei mynwes fel feis, prin y gallai hi anadlu. Edrychodd ar wyneb Wil yn ddiniwed a heddychlon yn ei gwsg a theimlodd surni'r euogrwydd yn llethu gorfoledd ei breuddwyd. Sut oedd pethau wedi gwaethygu cymaint rhyngddynt? Oedd hi'n dal mewn cariad â Wil? Pam roedd hi ganddi gymaint o obsesiwn am Morgan – boi oedd wedi marw mewn damwain yn 1982? Doedd Erin ddim eisiau wynebu'r ffaith, ond roedd Carys yn iawn. Roedd angen help arni.

Pennod 6

Peth digon rhwydd oedd dod o hyd i seicolegydd yng Nghaerdydd, diolch i Google. Dewisodd fenyw o'r enw Dr Elizabeth Hardy oedd â swyddfa ar Heol Casnewydd, oedd yn fan digon cyfleus iddi ymweld ag ef yn ystod ei hawr ginio. Byddai menyw'n deall ei dilema'n well, tybiodd. A byddai'n teimlo embaras llwyr wrth geisio esbonio'i horgasms gyda Morgan i ddyn barfog mewn siaced frethyn oedd yn smygu pib. Duw a ŵyr pam wnaeth Erin greu'r darlun henffasiwn yna o seicolegydd gwrywaidd yn ei phen. Doedd hi erioed wedi gweld seicolegydd yn y cnawd, a doedd dim syniad gyda hi beth fyddai'r fenyw 'ma'n ei holi. Roedd hi'n codi £100 yr awr ac yn arbenigwraig ar hypnotherapi hefyd. Am £100 yr awr, dylai fod yn arbenigwraig ar blydi popeth! Pendronodd Erin a ddylai ofyn iddi ei hypnoteiddio i sicrhau y byddai'n parhau i gael breuddwydion am Morgan? Câi weld sut fyddai'r sesiwn yn mynd yn ei blaen.

Roedd swyddfa Dr Hardy ar y llawr uchaf mewn adeilad go hyll ac ymdebygai i floc o fflatiau o'r chwedegau ar gyrion tref ddienaid yn rhywle. Teimlai Erin yn nerfau i gyd wrth iddi hofran tu allan i ddrws swyddfa'r seicolegydd. Nage pobol wallgof fel Anti Gladys oedd yn gweld seicolegwyr? Doedd hi ddim wedi sôn wrth neb am ei phenderfyniad i weld arbenigwr, ddim hyd yn oed wrth Carys. Er y gwyddai y byddai ei ffrind wedi'i chefnogi. Teimlai gywilydd ei bod wedi gadael i'r peth effeithio cymaint arni. Roedd hi ar fin troi ar ei sawdl a dianc pan agorodd drws y swyddfa. Daeth dynes famol yr olwg yn ei phumdegau allan o'r swyddfa â gwên gynnes ar ei hwyneb.

'Erin?'

'Ie ...'

'Dewch i mewn. Eisteddwch.'

Edrychodd Erin o'i chwmpas yn chwilfrydig. Roedd hi wedi disgwyl gweld ystafell glinigol, oeraidd, ond roedd ystafell Dr Hardy yn debyg i ystafell fyw gyfforddus a gwresog. Roedd y muriau wedi'u peintio'n lliw gwyrdd olewydd ac roedd dwy soffa ledr brown yn wynebu ei gilydd yng nghanol yr ystafell â nifer o glustogau amryliw wedi'u gosod yn driphlith draplith arnyn nhw. Roedd y celfi eraill i gyd wedi'u gwneud o dderw drudfawr yr olwg ac roedd fâs o'i hoff flodau, *gerberas* oren ar fwrdd bychan gerllaw. Yn hongian ar y muriau roedd nifer o dystysgrifau'n dangos cymwysterau amrywiol Dr Hardy a chopïau o luniau lliwgar gan Toulouse-Lautrec. Roedd Erin wedi gwneud y penderfyniad cywir. Teimlai'n syth y byddai hon yn gallu ei helpu.

'Fe wedoch chi yn eich e-bost, eich bod chi'n cael breuddwydion hynod bwerus oedd yn amharu ar eich bywyd bob dydd ...'

Pesychodd Erin yn nerfus. 'Mae'n stori eitha swreal, a bod yn onest ...'

'Wy'n arbenigo yn y swreal,' gafaelodd Dr Hardy yn ei llyfr nodiadau a'i hysgrifbin.

Yna, fel llif argae'n torri, adroddodd Erin y stori yn ei chyfanrwydd wrth y seicolegydd. 'Beth dwi ishe gwybod yw pam ydw i'n cael y breuddwydion yma drwy'r amser? A sut ddiawl o'n i'n gwybod cymaint o bethe am fachgen marw o 1982 dwi erioed wedi'i gyfarfod o'r blaen?' Nodiodd Dr Hardy yn bwyllog. 'Mae yna llawer o achosion o freuddwydio eglur neu *lucid dreaming*. Fel arfer, mae'r breuddwydion yma'n cael eu creu gan yr isymwybod er mwyn rhoi neges bwysig i'r breuddwydiwr allai ddatrys problem neu broblemau yn ei fywyd bob dydd. Fe ddywedoch chi nad oeddech chi a'ch cariad wedi cael rhyw ers rhyw ddeufis erbyn hyn. Ydy hyn yn rhywbeth cyffredin yn eich perthynas chi?'

Roedd Erin yn teimlo'n anghyfforddus yn rhannu'r fath ffeithiau personol â dieithryn, ond dyna oedd ei swydd hi ac roedd yn rhaid iddi gael help. 'Wel, ma pethe wedi slaco ers y blynyddoedd cynnar yna. O'n i'n arfer ffansïo'n gilydd yn rhacs. Ond nawr, ers inni ddechrau cyd-fyw, dyw pethe ddim yn gyffrous mwyach. Wy'n clywed e'n chwyrnu, wy'n golchi ei bants e, yn coginio'i swper e … Mae e fel ffrind nawr yn fwy na chariad.'

'A sut mae Morgan yn neud i chi deimlo?'

'O, mae'n anodd disgrifio mewn geiriau. Wy'n teimlo'n fyw, yn llawn bywyd, yn llawn cyffro. Wy'n ffansïo fe cymaint. Ac mae'r rhyw yn anhygoel …'

'A sut berson yw Morgan?'

'Mae e'n feddylgar, yn aeddfed, ac yn ddoniol. Mae e'n garedig i'w chwaer, wedi bod trwy brofedigaethau anodd ond yn gweld yr ochr olau bob amser. Mae ganddo freuddwydion ac uchelgais. Y dyn perffaith i fi, a dweud y gwir.'

'Ond dyw e ddim yn bodoli mwyach,' atgoffodd Dr Hardy hi'n dawel.

'Dim ond yn fy mreuddwydion,' cytunodd Erin yn ddiflas. 'Beth ddylwn i wneud, Dr Hardy? Wy'n methu stopio meddwl am Morgan. Mae'n obsesiwn! Allwch chi esbonio sut o'n i'n gwybod am ei chwaer Lisa ac am fanylion hollol *random* fel ei ddyhead i fynd i Ynysoedd y Galápagos? Plis.' Roedd angen atebion arni.

'Y peth pwysig yw deall mai ffantasi yw'r byd hwn ac nid realiti. Mae'n rhaid eich bod wedi darllen am fanylion y ddamwain rywbryd ac wedi storio'r wybodaeth am Morgan dros y blynyddoedd, a bod gweld y fainc wedi symbylu'r breuddwydion yma. Mae'n amlwg nad yw'r berthynas rhyngddoch chi a Wil yn eich bodloni'n emosiynol nac yn gorfforol mwyach. Eisteddwch i lawr gyda Wil a chael sgwrs onest ac agored am eich perthynas, heb ei feirniadu na cholli'ch tymer. Meddyliwch, sut alla i wneud y berthynas real yma gyda Wil yn un mor foddhaol â'r un ddychmygol gyda Morgan?'

'Ac os gwnaf i hynny, fydd y breuddwydion yn dod i ben?'

'Yn sicr,' atebodd Dr Hardy.

'Ond dyw Wil ddim yn ddyn rhamantus. Mae'n ddyn ymarferol, sy ddim yn lico "pethe sopi". Dyw e ddim yn lico bod yn agored gyda'i deimladau chwaith. Bydd hi'n jobyn anodd iawn ei gael e i gyfaddef bod ein perthynas ni mewn trwbwl.'

'A fydde fe'n barod i ddod gyda chi i 'ngweld i er mwyn i chi gael sesiynau therapi i gyplau? Mae cael trydydd parti diragfarn yn gallu helpu llawer.'

'O mawredd, bydde Wil yn casáu trafod pethe mor bersonol 'da rhywun dierth,' atebodd Erin. Ceisiodd ddychmygu Wil yn bwrw ei fol wrth Dr Hardy ymhlith y clustogau amryliw cysurus a methodd yn llwyr. Roedd Wil yn *old school*, fel ei thad, yn cuddio'i emosiynau yn ddwfn yn ei galon.

'Erin, os ydych chi'n ei ddarbwyllo fe i ddod er mwyn

achub eich perthynas, falle y gwneith e ymdrech. Dylech chi roi cyfle iddo fe o leia. Rydych chi'ch dau wedi buddsoddi chwe blynedd yn y berthynas hon.'

Dechreuodd Erin amau cymhellion Dr Hardy. Ai eisiau trefnu mwy o sesiynau can punt oedd hi drwy gynnwys Wil yn y sesiynau hefyd? 'Mi gaf i air ag e heno,' addawodd, er y gwyddai'n iawn na fyddai'n sôn gair am y therapydd wrth Wil. Doedd hi ddim yn meddwl y gwnâi hi drafferthu i weld Dr Hardy eto. Doedd dim esboniad teidi gan y seicolegydd am y ffaith ei bod hi'n gwybod pethau am Morgan na allai erioed fod wedi'u dysgu o ffynonellau fel papurau dyddiol. Doedd y *South Wales Sentinel* ddim wedi sôn gair am hoffter Morgan o Ynysoedd y Galápogos, er mwyn dyn! Ond roedd un peth roedd Dr Hardy wedi'i ddweud wrthi wedi pigo'i chydwybod. Roedd Wil a hithau wedi budsoddi chwe blynedd yn y berthynas yma. Felly, roedd yn ddyletswydd arni i roi cyfle iddo fe i'w helpu hi i'w hachub.

'Diolch, Dr Hardy. Mi wna i apwyntiad arall 'da chi pan fyddwn ni'n barod i'ch gweld chi 'da'n gilydd.'

'Iawn, Erin. A chofiwch mai'r cam cynta yw eich bod chi'ch dau'n siarad yn onest â'ch gilydd.'

Roedd hi'n nos Wener ac roedd Erin wedi prynu bwyd *posh* o Marcs a Sbarcs y gwyddai y byddai Wil yn ei hoffi. *Combo* Tsieineaidd yn cynnwys *crispy duck*, ei ffefryn. Os byddai mewn hwyliau da, yna byddai'n haws cael sgwrs ddifrifol gydag e.

''Sdim byd gwell na hwyaden o Marcs,' mwmialodd Wil yn foddhaus, wedi clirio'i blât mewn munudau.

'Fe brynes i gwpwl o boteli o Tomos Watcyn i ti hefyd,' gwenodd Erin, yn teimlo fel un o'r gwragedd tŷ hynny a wenai'n blastig yn eu ceginau perffaith mewn hen hysbysebion o'r pumdegau.

'Beth sy mlân 'da ti, gwed?' holodd Wil yn chwilfrydig wrth iddo'i helpu ei hun i'w hoff gwrw o'r oergell. 'Ti 'di gorwario ar dy garden credyd neu rywbeth?'

Doedd Erin ddim wedi cael *splurge* siopa ers iddi dechrau breuddwydio am Morgan, sylweddolodd. 'Na, jyst ishe sbwylo ti achos dy fod ti wedi bod yn gweithio'n galed. A, wel … wy'n teimlo'n bod ni wedi pellhau wrth ein gilydd yn ddiweddar.' Rhoddodd ei llaw yn gariadus ar ei foch.

'Wel, fi'n gwybod nagyn ni wedi cael cyfle i gael rhyw ers cwpwl o wythnosau …' Herciodd Wil dros y geiriau'n lletchwith. Canolbwyntiodd ar y botel o gwrw o'i flaen heb edrych i'w llygaid o gwbl.

'Ers deufis,' atebodd Erin yn dawel. Sylweddolodd fod dweud hyn yn gamgymeriad wrth weld ei gefn yn sythu. 'Dwi ddim yn pigo beiau, Wil, wir. Ond dim ond wyth ar hugain y'n ni a wy'n teimlo'n bod ni'n byw fel dau hen bensiynwr weithie. O't ti arfer rhwygo 'nillad i bant. O't ti arfer ffansïo fi'n rhacs.'

'Fi dal yn ffansïo ti! Beth yw hyn?' holodd Wil yn biwis. '*Intervention* neu rwbeth? Sorto mas Wil a'i bidlen ddiog? Rhywbeth ti a Carys wedi bod yn rihyrsio gyda'ch gilydd?' Cododd a cherdded tuag at y ffenest a phlygodd ei freichiau ar ei frest yn styfnig.

'Gwranda, 'wy ddim wedi trafod hyn 'da Carys na neb arall.' Roedd hi'n dweud celwydd nawr ond gwyddai na fyddai e byth yn gwrando os byddai'n sôn am Dr Hardy hefyd! Roedd e'n ddigon pigog wrth feddwl bod Carys yn gwybod am broblemau eu perthynas. 'Ma hyn rhyngddot ti a fi. A wy'n gwybod bod bai arna i hefyd. 'Wy ddim wedi neud digon o ymdrech y ddiweddar.' Cerddodd tuag ato a rhoi ei breichiau o amgylch ei ysgwyddau. Safodd yntau mor anystwyth â delw.

'Ti'n gwybod 'mod i'n gweithio fel nafi y dyddie 'ma, Erin. Ma nhw wedi cael gwared ar chwarter o'r bois yn barod. Fi fydd nesa os nad ydw i'n rhoi cant y cant.'

'Fi'n gwybod 'ny. Wy'n sylweddoli dy fod ti dan bwysau. 'Wy jyst ishe i ni fod yn agos, 'na i gyd. Wy'n colli ti ...' A chyda hynny, dechreuodd Erin ddatod gwregys ei drowsus e. Falle mai dyma beth oedd pwrpas ei sesiynau rhyw dychmygol ac eofn gyda Morgan. Ei dysgu hi i fod yn fwy hyderus a rhywiol gyda Wil? Jyst gobeithio nad oedd ei sgiliau caru hi'n gwbl anobeithiol a'i bod hi'n dal i fedru cyffroi ei chariad o gig a gwaed. Dechreuodd ei gusanu'n daer a chododd ei chalon wrth iddi deimlo'i fod wedi'i gyffroi.

Agorodd Erin fotymau ei grys a sibrwd yn ei glust. 'Pam 'sen ni'n neud e fan hyn, ar y ford?' Cyn iddo gael cyfle i ateb, sgubodd gweddillion y swper allan o'r ffordd â'i braich a pharhau i'w gusanu'n nwydus. Dadwisgodd yn gyflym a thynnu Wil tuag ati. Caeodd ei llygaid wrth iddo'i charu. Ond, yn groes i'w hewyllys, roedd hi'n dal i fedru gweld wyneb Morgan yn ei dychymyg. Morgan oedd hi eisiau i'w charu hi fel hyn, nid Wil ... Ceisiodd gael gwared o Morgan o'i meddyliau drwy agor ei llygaid a chanolbwyntio ar wyneb Wil. Ond doedd e ddim yn edrych ei orau yn gwneud ei 'wyneb dod', fel byddai Carys yn ei alw. Chwarae teg, doedd neb yn edrych yn wych yn gwneud 'wyneb dod' er bod Morgan, wrth gwrs, yn edrych yn secsi yng nghanol ei lesmair corfforol. Yn anffodus, daeth y sesiwn i ben wrth i Wil golli rheolaeth ar ei gorff yn rhy sydyn.

'Sori, wy'n sori ... o'n i jyst yn ffaelu stopio'n hunan.'

'Mae'n iawn,' ffugiodd Erin, a'i gusanu'n dyner. Gwisgodd ei ffrog yn ôl amdani a stryffaglodd Wil yn ôl mewn i'w bants.

'Well i fi olchi'r llestri 'te,' meddai Erin yn ysgafn, ei chorff yn llawn rhwystredigaeth. Wnaeth e ddim hyd yn oed cynnig sicrhau ei bod hithau'n cael orgasm hefyd! Roedd Morgan mor ystyriol.

'Fe sycha i,' meddai Wil, gan roi clatshen chwareus iddi ar ei phen-ôl. Wel, roedd hi'n amlwg fod y sesiwn annisgwyl yn y gegin wedi gwneud byd o wahaniaeth i dymer Wil ond gwyddai Erin nad oedd gobaith i'w perthynas nhw bellach. Gwyliodd Wil yn sychu'r llestri. Roedd hi dal i'w hoffi, ond doedd hi ddim yn ei ffansïo. Roedd e fel brawd mewn gwirionedd. O leiaf roedd hi wedi trio gyda Wil. Ond Morgan oedd ei hunig ffocws nawr: yr unig ddyn a allai ei bodloni 'yn gorfforol ac yn emosiynol, a defnyddio geirfa Dr Hardy. Yfory, byddai'n dechrau chwilio am fflat i'w hunan. Doedd hi ddim eisiau mwy o bethau'n achosi gwrthdaro.

Pennod 7

Roedd Erin wedi bod mewn panig drwy'r dydd. Doedd hi ddim wedi breuddwydio am Morgan ers pythefnos. Rhaid mai gorffen gyda Wil a symud mas oedd wedi effeithio ar ei gallu i ymlacio a breuddwydio mor fyw. Roedd Wil wedi ceisio cysylltu â hi droeon ar ei ffôn ond doedd hi ddim wedi ateb un o'i alwadau. Fedrai hi ddim wynebu'r sgwrs letchwith, yr euogrwydd iddi ddianc drwy adael llythyr tila iddo fe. Oedd, roedd hi'n llwfr, ond doedd hi ddim eisiau drama na dim byd i amharu ar ei theimladau tuag at Morgan. Yn amlwg, roedd y tor perthynas wedi cael effaith arni ac roedd hi'n hanfodol bellach ei bod hi'n denu Morgan yn ôl i'w breuddwydion. Teimlai'n isel iawn hebddo fe. Cloddiodd drwy erthyglau a llyfrau di-ri am freuddwydio eglur, neu *lucid dreaming*, i geisio dysgu mwy.

Un o'r technegau y gellid ei ddefnyddio i annog y profiad oedd "nôl i'r gwely' lle roedd angen gosod cloc larwm i ganu ar ôl chwe awr o gwsg, codi o'r gwely a chadw'n effro am rwng ugain munud ac awr. Yna roedd gofyn i chi ymlacio, diffodd y golau a meddwl yn galed am yr hyn oeddech chi eisiau breuddwydio amdano er mwyn canolbwyntio'r meddwl. Dysgodd hefyd sut i 'baratoi' ei hun yn ystod y dydd drwy edrych ar bethau cyfarwydd, fel ei dwylo, a gofyn iddi, ei hun, 'Ydw i'n breuddwydio?' Y ddamcaniaeth y tu ôl i wneud hyn oedd y byddai pethau cyfarwydd bob dydd yn sicr o ymddangos yn eich breuddwydion gan weithredu fel triger i'ch deffro chi. Roedd Dr

Randy Casavettes yn awgrymu'n gryf y dylech gadw dyddiadur breuddwydion ond doedd dim llawer o bwynt iddi wneud hynny nawr a hithau heb gael breuddwyd am Morgan yn ddiweddar.

Nawr ei bod hi wedi setlo yn ei fflat fechan ar Inverness Place yn y Rhath, y stryd nesaf i ble roedd tŷ Morgan yn Stryd Arabella, gobeithiai Erin y byddai ei breuddwydion yn dychwelyd. Doedd hi ddim eisiau aros ym Mhontcanna ar bwys Wil, a'r Rhath oedd ardal Morgan. Gobeithiai y byddai hynny'n ysgogi ei hymennydd i ddod â Morgan yn ôl i'w bywyd. Roedd y fflat yn un eitha sylfaenol, dim ffrils: un stafell wely fechan, lolfa a chegin ac ystafell ymolchi, ond roedd yn fforddiadwy. Siarsiodd Carys i beidio â dweud gair wrth Wil ble roedd hi'n byw rhag iddo ddod draw i'w haslo hi. Roedd Carys yn poeni amdani er nad oedd Erin wedi dweud y cyfan wrthi ac mai'r rheswm pam roedd hi wedi gorffen gyda Wil oedd oherwydd ei chariad tuag at Morgan.

Daeth Carys draw i'w helpu hi i ddadbacio, chwarae teg iddi, a gwnaeth ei gorau i geisio darganfod y gwir reswm pam roedd Erin wedi gwneud y fath newid drastig i'w bywyd.

'Wyt ti'n siŵr nad wyt ti ishe eistedd i lawr a thrafod pethe gyda Wil? Mae chwe blynedd yn amser hir. Dwyt ti ddim yn meddwl ei fod e'n haeddu hynny o leia?'

'Carys, dries i siarad 'da fe droeon. Dries i ei annog e i fod yn fwy rhamantus er mwyn ein cael ni allan o'r ryt yna. Ond doedd e ddim ishe gwybod. A bod yn onest do'n i ddim mewn cariad ag e erbyn y diwedd.'

'Oes rhywun arall, Erin? Ma Wil yn meddwl bod cariad arall 'da ti.'

'Na, does neb arall – bydden i wedi dweud wrthot ti.'

'Wel, wy'n meddwl y dylet ti siarad gyda'r boi ar y ffôn, druan. Mae'n torri ei galon.'

Doedd Erin ddim eisiau clywed hyn ond gwyddai fod Carys yn iawn. Roedd Wil yn haeddu gwell. Gwnaeth addewid i siarad gyda fe y tro nesaf y byddai e'n ffonio. Pwy a ŵyr, falle byddai hynny'n ei helpu hi i ailddarganfod Morgan unwaith eto. Penderfynodd redeg bath ag olew aromatherapi ynddo a mynd am wely cynnar y noson honno yn y gobaith y byddai'n ei helpu i ymlacio. Fe roddai gynnig ar ymarferion Dr Randy hefyd i weld a fydden nhw'n gweithio'r tro hwn. Wrth iddi ddadwisgo, canodd ei ffôn symudol. Wil oedd yn galw. Cymerodd anadl ddofn a'i ateb.

'Erin? Erin? Wyt ti yna?'

'Ydw, Wil … Gwranda, mae'n ddrwg iawn 'da fi bo' fi heb siarad â ti cyn i fi adael …'

'O'n i'n ffaelu credu bo' ti jyst wedi gadael nodyn … ar ôl chwe blynedd …'

'Fi'n gwybod, wy'n gachgi … O'n i'n ffaelu wynebu dweud wrthot ti …'

'Wy'n dal i dy garu di, ti'n gwybod. Nelen i unrhyw beth i newid pethau taset ti'n dod 'nôl … Fi'n gwybod dy fod ti ishe rhywun mwy rhamantus a galla i wneud hynny, wy'n siŵr.'

'Wil, mi wyt ti'n ddyn arbennig iawn ond 'sdim dyfodol i ni … Rwy ishe mwy; dwi ddim ishe i ti drio bod yn rhywbeth dwyt ti ddim … Nid dy fai di yw e … Ry'n ni ishe pethe gwahanol …'

'Wyt ti'n dal i 'ngharu i?' Roedd ei lais wedi'i lethu gan emosiwn.

'Fel ffrind …' Oedodd Erin a theimlo'r dagrau'n cronni yn ei llygaid.

'O's boi arall 'da ti?'

'Na, neb arall ...'

'Allwn ni gwrdd i siarad mwy?'

'Sai'n meddwl bod hwnna'n syniad da; bydde fe'n rhy trawmatig ... i ni'n dau. Gwranda, ma'n rhaid i fi fynd nawr – drycha ar ôl dy hunan.'

Arhosodd hi ddim i glywed mwy torrodd yr argae ac roedd hi'n beichio crïo. Oedd hi wedi colli'r plot yn llwyr? Roedd Wil yn foi grêt, yn ei charu hi'n rhacs, ac roedd hi wedi gorffen pethau gydag e o achos Morgan. Morgan nad oedd yn bodoli. Ond roedd hi'n rhy hwyr i droi 'nôl nawr; roedd hi wedi gwneud ei phenderfyniad a gallai Wil a hithau symud ymlaen â'u bywydau. Sychodd ei llygaid yn galed a dringo i'r bath. Roedd y dagrau'n dal i lifo. Ai symptom yn unig o'i hanniddigrwydd gyda Wil oedd Morgan a nawr ei bod hi wedi gorffen gyda Wil, fyddai hi ddim yn gweld Morgan byth eto? Doedd hi ddim yn gwybod sut y gallai hi ymdopi hebddo fe.

'So here it is, Merry Christmas ...'

Be ddiawl ... Caneuon cawslyd yr wythdegau?

'It's only just begu-u-u-n ...'

Roedd Erin yn ôl yn y gorffennol. Diolch byth! Edrychodd o'i chwmpas yn chwilfrydig a sylweddoli ei bod hi mewn gig yn rhywle. Roedd yna gannoedd o bobol o'i chwmpas, a phawb yn neidio i fyny ac i lawr ac yn canu'n llawen. Ar y llwyfan roedd Noddy Holder, prif ganwr Slade, y band roc o'r saithdegau, a gweddill y band hefyd. Pam oedd hi mewn gig Slade? A ble roedd Morgan? Roedd e'n gymaint o cŵl dŵd, doedd bosib ei fod e'n ffan o Slade? Fuon nhw erioed yn trendi? Teimlodd freichiau'n cau o gwmpas ei chanol a gweddïodd taw Morgan oedd yno. Trodd ei phen a gweld ei wyneb annwyl yn gwenu arni. Cofleidiodd e'n falch a rhoi yffach o gusan iddo. ''Wy mor falch o dy weld di! Weles i dy ishe di!'

'Roedd y ciw wrth y bar yn erchyll,' atebodd Morgan, yn amlwg wedi cam-ddeall wrth iddo roi gwydraid o fodca a lemonêd iddi. Roedd hi'n anodd clywed dim wrth i'r band ddechrau chwarae eu *encore*, eu fersiwn unigryw o 'Born to be Wild' gan Steppenwolf. Byddai'n ddiddorol chwilio ar Google, meddyliodd Erin, i weld a wnaeth Slade chwarae yng Nghaerdydd yn yr wythdegau go iawn. Teimlodd fraich arall am ei gwddf a gwelodd wyneb prydferth Lisa yn gwenu arni; roedd Rhodri hefyd yn dawnsio'n wyllt gerllaw. Roedd hi wedi colli eu cwmni nhw gymaint. Llyncodd ei fodca ar ei dalcen a dechrau dawnsio'n ddiymatal.

Daeth y gig i ben, roedd hi'n chwys tshwps yn y gwres.

'Ti ishe dod adre am ddrincen fach?' sibrydodd Morgan yn ei chlust. 'Drincen fach a mwy,' winciodd hithau arno fe'n falch. Roedd hi wedi gweld eisiau ei gorff cadarn a'u sesiynau caru tanbaid.

'Chi am ddod am ddrincen yn y City Arms?' holodd Lisa wrth iddyn nhw gerdded allan i'r awyr fain a rhewllyd.

'Na, 'wy wedi blino'n lân nawr ar ôl y dawnsio 'na,' gwenodd Morgan. 'Ma Erin a fi am gael noson fach gynnar.'

'Noson gynnar yn wir!' wfftiodd Lisa. 'Chi'ch dau fel *love's young dream*!'

'Euog,' gwenodd Morgan a gafael yn llaw Erin.

'Ocê, welwn ni chi fory 'te, am ginio?' holodd Rhodri.

'Caffi'r Embassy, am ddeuddeg?' meddai Morgan.

'*Fry up* amdani!' Nodiodd Lisa gan godi ei llaw wrth iddyn nhw droi a cherdded tuag at y dre.

'Felly, beth oeddet ti'n meddwl am y gig?' Cynheuodd Morgan bob o sigarét iddyn nhw eu dau wrth iddyn nhw gerdded tua thre. Y gobaith oedd cael tacsi ond roedd cymaint o bobol o gwmpas wedi'r gig fel ei bod yn go annhebygol y bydden nhw'n llwyddo.

Edrychodd Erin ar ei thraed gan ddiolch ei bod yn gwisgo pâr o dreinyrs am ei thraed, jîns a chot fawr wlanog, gynnes. 'O'dd e'n wych, ond o'n i ddim yn meddwl y byddet ti'n ffan o Slade.'

'Pwy allai beidio lico Slade? Trueni nad wnaethon nhw chwarae 'Because I love you'. 'Wy wastad yn meddwl amdanat ti pan fydda i'n clywed y gân yna.' Cusanodd e hi'n dyner.

'Wy'n synnu at pa mor ffres oedd 'Merry Christmas Everybody' yn swnio. Mae'n rhaid ei bod hi'n tynnu at ei deugain oed nawr,' meddai Erin yn ddifeddwl. *Shit!* Dyma hi'n rhoi ei throed ynddi unwaith eto.

'Deugain? Daeth hi mas yn 1973.'

'Mae'n teimlo fel deugain mlynedd gan ein bod ni'n ei chlywed hi bob blwyddyn!' Ffiw! Doedd e ddim wedi sylwi ar ei chamgymeriad. Gwasgodd ei chorff yn dynnach at ei gorff yntau; roedd hi'n oer iawn nawr. Roedd hi'n amlwg ei bod hi'n nesáu at y Nadolig gan fod cymaint o bobol o gwmpas yn gwisgo tinsel a hetiau Santa am eu pennau. Heblaw am steil y dillad, oedd wedi dyddio tipyn, doedd pethe ddim wedi newid fawr ddim. Sgwn i beth oedd Morgan yn ei wneud dros Dolig? Tybed a fyddai e'n ei gwahodd hi i dreulio'r gwyliau gyda fe? Ond doedd hi ddim ishe bod yn *pushy*.

Fel arfer, roedd e wedi darllen ei meddwl. 'O'n i'n bwriadu gofyn i ti beth wyt ti'n ei wneud ar ddydd Nadolig? Cinio 'da dy fam a dy dad?'

'Yymm … Ie, siŵr o fod. Beth wyt ti arfer ei wneud?'

'Ma Lis a fi fel arfer yn mynd at ein Anti a'n Wncwl yn Abertawe. Chwaer mam yw hi, Anti Mags. Mae wastad yn neud ffys fawr ohonon ni ar ddydd Nadolig ers i ni golli'n rhieni.'

'O, byddi di yn Abertawe felly. O'n i wedi gobeithio dy weld di ar ddydd Nadolig.'

'Galli di ddod 'da ni os wyt ti moyn, os na fydde ots 'da dy rieni di, a falle gallen ni eu gweld nhw ar ddydd San Steffan?' awgrymodd Morgan wrth iddyn nhw gerdded heibio'r castell oedd yn edrych fel cartref i'r tylwyth teg a'r holl oleuadau Nadolig yn ei addurno. Byddai hi wrth ei bodd yn treulio dydd Nadolig gyda Morgan a Lisa, ond y broblem gyda'r breuddwydion yma oedd nad oedd unrhyw sicrwydd y byddai'n medru mynychu unrhyw ddigwyddiad oedd wedi'i drefnu o flaen llaw. Doedd hi'n dal ddim yn gwybod sut roedd y broses 'ma'n gweithio; beth oedd protocol teithio mewn amser. Ond doedd hi ddim eisiau siomi Morgan chwaith. Yn anffodus, sylwodd Morgan ei bod hi'n oedi i ateb.

'Mae'n ddrwg 'da fi, falle bo' fi'n bod yn rhy ewn yn gwahodd fy hunan i gartre dy rieni di,' meddai Morgan yn dawel.

'Na, na, bydden nhw wrth eu bodd yn cwrdd â ti a Lisa, nid dyna beth yw e.'

'Beth yw e 'te, Erin? Wy'n teimlo weithie dy fod ti'n cwato rhywbeth oddi wrtho i. Ti'n edrych i'r pellter a golwg drist ar dy wyneb. Oes 'na rywun arall?' Trodd i'w hwynebu ei lygaid tywyll yn syllu arni'n ddwys.

'Na, does neb arall. Alle byth fod neb arall. 'Wy dros fy mhen a nghlustie mewn cariad 'da ti, Morgan. Mae'n anodd esbonio ... byddi di'n meddwl 'mod i off fy mhen a dwi ddim ishe dy golli di.'

'Byth,' gwenodd Morgan a'i chusanu. Tynnodd hi i eistedd ar fainc ger yr Amgueddfa. Sylweddolodd Erin fod y fainc jyst ar bwys lle y byddai mainc goffa Morgan mewn deng mlynedd ar hugain. Crynodd wrth feddwl am hynny. Rhoddodd Morgan ei fraich amdani a'i thynnu i mewn i gynhesrwydd ei gorff.

'Beth wyt ti'n ei guddio?' holodd yn chwareus. 'Gorffennol cudd fel ysbïwraig?'

A ddylai hi ddweud y gwir wrtho fe? Ond beth fyddai'n digwydd wedyn? A fyddai hynny'n chwalu'r rhith am byth? Yn difetha'r *space-time continuum*? Wrth edrych i'w lygaid, cafodd y teimlad llethol y dylai ddweud y gwir wrtho. Roedd hi wedi cael digon o wylio beth roedd hi'n ei ddweud gyda phob brawddeg ddeuai allan o'i cheg ac roedd hi eisiau bod yn onest gyda fe.

Tynnodd anadl fawr a dweud, 'Morgan, ma hyn yn mynd i swnio'n nyts ond ... Wy'n dod o'r dyfodol, o'r flwyddyn 2012, ac rwyt ti'n ymddangos yn fy mreuddwydion i. Ry'n ni mewn breuddwyd nawr ...'

Syllodd Morgan arni'n syn, yna dechreuodd chwerthin. 'A wy'n dod o'r blaned Krypton! Nawr, dwed wrtho i be sy'n bod yn go iawn.'

'Dyna'r gwir, Morgan.' Gafaelodd yn ei law a'i gwasgu'n daer. *Shit*! Doedd hi ddim ishe dweud wrtho fe y byddai e'n marw mewn damwain car; byddai hynny'n rhywbeth erchyll i'w rannu. A gobeithiai y gallai hi newid hynny pan ddeuai'r amser 'ta beth, er, Duw a ŵyr sut y gwnâi hi hynny.

'Yn fy mywyd real go iawn, wy'n newyddiadurwraig yng Nghaerdydd yn 2012. Ond pan wy'n breuddwydio, 'wy 'nôl fan hyn 'da ti yn 1981. Mae'n hollol *bizarre* ond dyna'r gwir, wy'n addo. Licen i 'se fi'n gallu bod 'da ti ar ddydd Nadolig ond dwi ddim yn siŵr sut mae'r breuddwydion 'ma'n gweithio. Wy'n glanio yng nghanol amser a chyfnod cwbl ddierth i fi ac mewn senarios annisgwyl, a'r unig beth sy'n gyson yw ti.'

Daeth cysgod tywyll dros wyneb Morgan a chododd ar ei draed yn ddisymwth. 'Dwi ddim yn deall hyn, Erin. Os nad wyt ti ishe perthynas go iawn a threulio dydd Nadolig 'da fi, dyna'r cwbl sy ishe i ti weud, dim neud rhyw stori *sci-fi* sili lan am deithio drwy amser.' Tynnodd hi i'w thraed a phwyntio at dacsi oedd yn aros gerllaw. 'Sai'n gwybod be sy mlân 'da ti ond well i ti fynd adre. Ti wedi yfed gormod.'

'Morgan, wy'n gweud y gwir! Wy'n addo. Wy'n dy garu di!' Dechreuodd hi grio.

Tynnodd e hi at y tacsi ac agor drws y car iddi. 'Wnewn ni siarad pan fyddi di wedi sobri,' meddai wrthi'n lleddf a chau'r drws.

'Where to love?' holodd y dyn tacsi. '42 Inverness Place, please,' atebodd Erin, gan roi ei chyfeiriad newydd i'r dyn tacsi. Roedd ei llais yn floesg gan ddagrau.

'Fallen out with the boyfriend is it, love? Don't worry, it'll be alright in the mornin'. I blames that Slade. They gets people too excited.'

Trwy ffenest gefn y tacsi gwyliodd Erin ffigwr unig Morgan yn cerdded trwy Barc yr Amgueddfa. I ble roedd e'n mynd, tybed? I'r City Arms at Lisa a Rhodri?

Neu i ryw far i ffeindio cariad normal na fyddai'n siarad am deithio drwy amser a breuddwydion gwallgof? Pam roedd hi wedi dweud y gwir wrtho fe? Roedd hi wedi bod yn ffŵl a nawr falle welai hi mohono fe byth eto. Ac fel petai'n ei gwatwar, dechreuodd cân Slade, 'Merry Christmas Everybody' floeddio canu ar radio'r tacsi. Nid breuddwyd oedd hon mwyach ond hunllef.

Pennod 8

'Jiw jiw, ma golwg fel ysbryd arnat ti! Ti wedi colli lot gormod o bwyse!' sylwodd ei mam wrth iddi ei thywys i mewn i'r gegin. 'Disghled fach o de a gwed be sy 'di bod yn digwydd wrth dy fam.'

'Wy'n iawn, Mam.' Gwenodd Erin yn wanllyd wrth iddi adael i'w mam ei harwain at y bwrdd.

'Jac! Ma'r groten 'ma'n edrych yn wan fel brwynen, 'co'r olwg sy arni! Fel sgimren!' Galwodd ei mam ar ei thad oedd yn gwylio'r teledu yn yr ystafell fyw. Roedd hi'n ddydd Sul ac i'w thad dydd Sul oedd diwrnod ymlacio a gwylio'r rasys ceir ar y teledu.

'Ma'r groten yn iawn w, gad hi fod,' meddai ei thad gan roi un edrychiad cyflym arni cyn hoelio'i lygaid yn ôl yn gadarn ar y sgrin. Ond roedd ei thad wedi sylwi ei bod hi ar ei phen ei hun. 'Ble ma Wil, 'te? O'n i'n meddwl bydde fe ishe watsho hwn 'da fi heddi a gadel i chi ferched glatsho bant gyda'r cinio dy' Sul,' holodd ei thad a rhoi mwythad tyner i glustiau Sali'r ci defaid.

'Mi fyddi di'n golchi'r llestri, gw' boi!' Chwarddodd ei mam a rhoi'r tegell ar y tân. Caeodd ei mam ddrws y gegin ac meddai'n dawel. 'Nawrte, be sy'n bod, bach? Wy'n gallu gweld yn syth nagyw pethe'n iawn. Alla i weld e yn dy lyged di.'

Edrychodd Erin i lygaid gleision ei mam a theimlo'r tynerwch ynddyn nhw, dechreuodd grio fel babi. ''Wy wedi gorffen 'da Wil, Mam,' igiodd Erin gan geisio llyncu'r sŵn crio yn ôl i lawr i mewn i'w chrombil a rhwbio'r dagrau oddi ar ei gruddiau. Wrth gwrs, allai hi ddim dweud wrth ei mam ei bod hi mewn cariad gyda dyn marw yn ei breuddwydion, a'i bod hi'n poeni nad oedd hi wedi'i weld yno ers dros wythnos.

Cofleidiodd ei mam hi'n gynnes. 'O, ma'n ddrwg 'da fi, bach. Beth ddigwyddodd?'

'Wel ...' Eisteddodd Erin wrth y bwrdd ac yfed llymaid o goffi. 'Dyw pethe ddim wedi bod yn iawn ers sbel nawr. Roeddwn i ishe mwy na beth roedd e'n gallu ei roi. Ni'n dal yn ffrindiau ond benderfynes i nad oedd dyfodol i'r berthynas.'

'Wel, ti sy'n gwybod ore, sbo. O'n i wastad yn lico Wil, ond ma bechgyn yn fwy anaeddfed na merched yn eu hugeinie ... ac yn eu chwedege o ran hynny 'fyd. Fe gymerodd hi flynyddoedd i fi gael dy dad i ddod i fwcwl. O'dd e fel wew!'

Chwarddodd Erin yn wan a chwythu ei thrwyn. Eisteddodd ei mam wrth ei hochr. 'Wyt ti'n gweud popeth wrtho i? Oes rhywun arall? Galli di weud wrtho i. Wy'n gosmopolitan iawn. Ddarllenes i'r *50 Shades of Grey* 'na wthnos ddiwetha.' Nodiodd ei mam ei phen yn falch.

Roedd ei mam yn gês ac er ei bod hi'n 'gosmopolitan', doedd Erin ddim yn meddwl y byddai'n credu ei stori. Pwy fyddai? Byddai ei mam yn sôn am Anti Gladys wnaeth redeg yn noeth drwy'r mart yng Nghaerfyrddin eto a rhoi'r bai ar ei thad am y *mental streaks* yn y teulu. 'Wel, ma 'na rywun, ond ma fe'n gymhleth.'

'Smo fe'n briod, odyw e?' sibrydodd ei mam. 'Neu ... yymm ... dim merch yw dy gariad newydd di, ife? Dim problem os taw e; fel wedes i, wy'n gosmopolitan iawn ond bydde raid i ni gymryd pethe'n slow bach 'da dy dad achos ti'n gwybod shwd un yw e, mae e jyst mor henffasiwn.'

'Na, 'wy ddim yn hoyw, Mam, a dyw e ddim yn briod. Ma fe jyst yn ... bell i ffwrdd, 'na i gyd ... pendraw'r byd.'

'O diar, 'bach fel Anti yn America 'te.' Un o ddywediadau ei mam pàn oedd rhywbeth yn werth dim oedd ei fod fel 'Anti yn America'.

'Sut wnest ti gwrdd â fe os yw e mor bell bant?' Crychodd ei mam ei thrwyn a thywallt paned arall iddyn nhw.

'Ar y we, ar ... yymm ... gwefan ... Guardian Soulmates,' atebodd Erin, yn synnu ei hun ei bod hi'n gallu rhaffu celwyddau mor sydyn a rhwydd. 'Ac wedyn dechreuon ni siarad ar we-gamera.'

'O, 'wy wedi darllen pethe amheus iawn am y dynion ar y gwefannau 'ma. Ma nhw ishe *green card* neu dy arian di, neu ma nhw'n *perverts*! Cadwa draw, bach. Bydd bownd o fod rhyw dro yn ei gwt e, cred ti fi. A ti'n groten bert, 'sdim ishe mynd ar-lein i ffindo dyn arnat ti. Mynd mas a joio dy hunan sy ishe nawr, nid meddwl am ddynion.'

'Ti'n iawn, Mam. 'Wy am gael brêc wrth ddynion am sbel.'

'Syniad da, cymra 'bach o amser bant o'r gwaith a cer *off* i rywle am ychydig. Allet ti a Carys fynd gyda'ch gilydd i Lundain am benwythnos o siopa, neu beth am fynd i rywle yn yr haul? Os ti ishe 'bach o arian, gall dy dad a fi dy helpu di.'

Roedd Carys eisoes wedi cynnig iddyn nhw fynd i ffwrdd gyda'i gilydd ond doedd hi ddim yn medru gwneud dim gyda Morgan ar ei meddwl fel hyn. Doedd Erin ddim eisiau poeni ei mam, felly nodiodd ei phen yn ufudd. 'Diolch, Mam. Mae gen i gynilion, felly ddylen i fod yn iawn am arian.'

'Amser sydd ishe arnat ti, bach, ac fe ffeindi di ddyn dy freuddwydion. Mae e mas 'na yn rhywle, cei di weld.' Mwythodd ei mam ei boch ac yna trodd ei golygon a'i sylw tuag at y ffwrn.

Os oedd Duw yn bodoli, roedd ganddo ddawn amlwg gydag eironi, meddyliodd Erin yn chwerw. Roedd yn rhaid iddi dynnu ei hunan at ei gilydd rhag i'w mam holi mwy o gwestiynau lletchwith. Cododd ar ei thraed. 'Ti ishe help, Mam?'

'Ie, dere i helpu fi grafu tato neu bydd dy dad yn gweiddi am ei ginio whap!' Gwenodd ei mam ac estyn ffedog iddi. Roedd Erin yn teimlo ychydig yn well nawr ei bod hi wedi gweld ei mam. Byddai'n rhaid iddi ddod dros Morgan a chanolbwyntio ar realiti cyn iddi golli ei phwyll yn llwyr.

'Erin ...'

Roedd hi'n sefyll ar stepen drws tŷ Morgan ar Stryd Arabella ac roedd golwg go anniddig ar ei wyneb. Ond roedd hi ar ben ei digon o'i weld e unwaith eto a bu bron iddi anghofio'u bod nhw wedi cwympo mas, cymaint oedd ei hawydd i fod yn ei freichiau. Doedd hi ddim ishe creu mwy o ddrwgdeimlad na'r hyn oedd wedi bod eisoes. Byddai'n rhaid iddi ei ddarbwyllo i faddau iddi hi ryw ffordd. Ond faint o amser oedd wedi mynd heibio ers iddyn nhw gwympo mas?

'Wyt ti wedi sobri erbyn hyn 'te?' holodd Morgan yn sych wrth agor y drws a'i chymell i ddod i mewn. O leia roedd e'n gadael iddi fynd i mewn i'w dŷ. Ond ai'r diwrnod wedi'r ddadl oedd e neu a oedden nhw heb siarad am ddyddiau? Roedd hi wedi nosi, roedd eira ar stepen y drws a goleuadau Nadoligaidd yn hongian yn y ffenest. Trueni nad oedd hi'n cael gwybod manylion fel amser, dyddiad a lleoliad pan oedd hi yng nghanol y breuddwydion yma.

'Mae'n ddrwg 'da fi, Morgan. Sai'n gwybod beth oedd yn bod arna i. 'Wy jyst ddim wedi arfer cyfuno dôp â chymaint o alcohol o'r blaen. Wy'n *lightweight* llwyr, a dechreues i fwydro a siarad nonsens ... a ... 'Wy rili rili ishe gweld ti dros y Nadolig, os wyt ti'n dal ishe 'ngweld i.'

''Wy ddim yn gwybod ...' Oedodd, edrych yn ddifrifol arni a chroesi ei freichiau ar ei frest. *Shit*! Oedd hi wedi dinistrio popeth?

'Ocê, fe af i 'te ... Ma'n ddrwg 'da fi ...' Teimlodd y dagrau'n dechrau cronni eto. Er mwyn dyn! Beth oedd pwynt cael breuddwyd gachu fel hon ac yntau'n dal i fod yn grac gyda hi? Dechreuodd gerdded tuag at y drws ffrynt ond yna tynnodd Morgan hi i'w freichiau.

'Jocan o'n i, w! Wrth gwrs 'mod i ishe dy weld di. Fe wnes i orymateb hefyd. Well i ni beidio'i gor-wneud hi o hyn allan achos dwi ddim ishe cwympo mas 'da ti byth eto.' A chusanodd Morgan hi.

Teimlodd Erin y fath rhyddhad yn ffrydio trwy ei gwythiennau wrthi iddi ei gusanu'n ôl. 'Na fi ... na fi. O'dd e'n erchyll. Lefes i fel babi yn y gwely neithiwr.'

'Paid, ti'n neud i fi deimlo'n euog nawr. Ond sgwn i o ble ddath y stori ryfeddol yna am deithio drwy amser? Ti wedi bod yn gwylio gormod o *Doctor Who*?' Gwenodd Morgan a'i thynnu hi gerfydd ei garddwrn i fyny'r grisiau i'r ystafell wely. Ffiw! Roedd e eisiau cael *make-up sex*! Diolch byth fod popeth yn iawn. Roedd hi wedi dysgu ei gwers nawr i gadw ei cheg ar gau am y busnes teithio trwy amser yma. Roedd hi'n amlwg i

Erin y byddai dweud y gwir yn chwalu'r freuddwyd. Roedd hi'n lwcus iawn, tro yma ei bod hi wedi cael siawns arall gyda Morgan.

'O, sai'n gwybod. Ysgrifennes i eitem am ffiseg i'r gwaith y diwrnod o'r blaen ac roedd un o'r ffisegwyr yn honni ei fod yn gallu teithio drwy amser. Falle mai dyna ble ges i fe.' Roedd honna'n esgus hynod wan ond dyna'r gorau y gallai ei chreu ar fyr rybudd.

'Wel, mae gen ti ddychymyg byw, ta beth!' chwarddodd Morgan, yn amlwg yn gweld ochr ddoniol pethau nawr.

Ti ddim yn gwybod ei hanner hi, meddyliodd Erin wrthi ei hun wrth iddo dynnu ei dillad hi. 'Wy'n dy garu di Morgan,' sibrydodd yn ei glust wrth iddyn nhw garu. "Wy byth byth ishe bod ar wahân eto.'

'Fyddwn ni byth,' sibrydodd e 'nôl.

Syrthiodd Morgan i drwmgwsg bodlon ar ôl y sesiwn danbaid o garu. Gwasgodd Erin ei breichiau'n dynn am ei gorff. Sut allai hyn deimlo mor real? Roedd hi'n gallu teimlo'i galon yn curo'n gyson yn erbyn ei mynwes, ei anadl ar ei boch ... Sut allai hyn fod yn ffantasi? A pham roedd e'n digwydd iddi hi? Gwyddai na allai ymdopi os na allai hi fod gyda Morgan am byth. Roedd y diwrnodau diwethaf wedi profi hynny. Doedd hi ddim wedi bod yn y gwaith ers wythnos ac roedd wedi cael llythyr doctor i gael wythnos arall i ffwrdd 'yn sâl'. Rhaid bod yna ryw ffordd y gallai aros gyda Morgan am byth. Wrth iddi ddechrau pendwmpian, canodd y larwm ar gloc radio Morgan yn ddisymwth. Ceisiodd Erin ei ddiffodd rhag ei ddeffro ond roedd yn rhy hwyr.

Fe ddeffrodd hi o'r freuddwyd yn ei gwely bach sengl ei hun ac roedd ei chloc larwm hithau yn canu'n groch. Y tro hwn, sgrechiodd mewn rhwystredigaeth a thaflu'r cloc yn erbyn y wal â'r fath wylltineb nes ei chwalu'n ddarnau mân. Pam, pam roedd yn rhaid iddi ddeffro fel hyn bob tro? Roedd ei bywyd 'normal' bob dydd hi'n syrffedus ac yn arteithiol bellach. Doedd hi ddim eisiau dim heblaw Morgan a'r bywyd roedd hi'n ei rannu gyda fe. Doedd ond un ffordd y gallai wireddu hynny ... A daeth syniad brawychus ond cyffrous i'w meddwl ... Cael cysgu am byth. Cael bod gyda Morgan am byth ...

Ar ôl gwneud ymchwil am rai dyddiau yng nghilfachau tywyll y we ynglŷn â hunanladdiad, dewisodd Erin ei llwybr. Roedd yna fforymau di-ri ar-lein ynghylch lladd eich hunan, gyda rhai'n trafod y dulliau gorau i fynd ati hyd at fanylder. Synnodd Erin o weld cynifer o bobol oedd wedi syrffedu ar eu bywydau ac a oedd yn barod i gymryd y cam eitha di-droi-'nôl. Awgrymai rhywun o dan yr enw ffugenw fleet-foxes ddefnyddio nwyon tocsig o'r car i gyflawni'r weithred tra oedd rinkydink87 yn awgrymu crogi neu *auto-erotic asphyxiation* er mwyn mwynhau'r profiad wrth fynd.

'Go old school, Valium and alcohol, not too much or you'll barf it all up. 20 tablets and a quart of whisky should do the job,' oedd cyngor micromanager73 ar y fforwm Americanaidd 1,001 Ways to Die. Beth oedd *quart* o chwisgi? Yn ôl y fforymau hunanladdiad, roedd cyfuno Valium ac alcohol yn well na Panadol ac alcohol am fod Panadol yn gallu dinistrio'r afu a chithau'n dal yn fyw mewn poen arteithiol o ganlyniad i'r gorddos. Roedd cyfuno Valium ag alcohol, fodd bynnag, yn sicr o wneud y tric ac yn eich suo i gysgu yn y broses. Ni allai wynebu'r doctor yn holi llawer o gwestiynau iddi am ei phroblemau, ond ar ôl chwilio ar Google daeth o hyd i wefan oedd yn gwerthu Valium drwy'r post yn syth. Ac roedd modd cael y tabledi y diwrnod canlynol os oeddech chi'n talu cost postio ychwanegol.

Roedd y wefan 1,001 Ways to Die yn nodi ei bod hi'n bwysig peidio â bwyta gormod rhag dinistrio effaith y tabledi a'r chwisgi, a chwydu'r cyfan i fyny. Y peth diwethaf roedd hi eisiau ei wneud oedd cael ei rhieni neu Carys neu Wil yn dod o hyd i'w chorff anymwybodol, ac felly roedd hi wedi trefnu pethau orau y gallai. Gadawodd neges ar ffôn symudol Wil yn dweud unwaith eto ei bod hi'n flin ei bod wedi'i frifo a'i bod yn dymuno'r gorau iddo ar gyfer y dyfodol. Roedd hi wedi ffonio ei mam y noson flaenorol a dweud wrthi ei bod hi a Carys yn mynd am gwpwl o ddiwrnodau i Lundain, fel roedd hi wedi awgrymu, ac roedd ei mam wedi'i chredu, diolch byth. Doedd ei greddf famol ddim yn gweithio cystal dros y ffôn yn amlwg. Yna ysgrifennodd lythyr at ei mam a Carys yn esbonio'i gwir resymau dros y 'weithred'. Doedd hi ddim am i neb feio'u hunain. Roedd hi mewn cariad ac roedd hi'n hapus i adael y byd hwn a mynd at y realiti arall, y realiti lle byddai Morgan yn aros amdani. Dymunai hapusrwydd iddyn nhw ac roedd am iddyn nhw wybod y byddai'n eu caru am byth. Teimlai'n euog am achosi poen i'w rhieni a'i ffrindiau fel hyn; ond mae amser yn gwella popeth ac ymhen blwyddyn neu ddwy roedd hi'n ffyddiog y bydden nhw'n gallu symud ymlaen â'u bywydau fel roedd hithau'n symud ymlaen gyda'i bywyd hithau. Teimlai Erin yn argyhoeddedig ei bod hi'n gwneud y peth iawn ac y byddai pob dim yn iawn wedi iddi fynd.

Ond roedd hi'n ofni yn ei chalon na fyddai'r 'weithred' yn llwyddo a byddai hi'n diweddu mewn rhyw limbo neu burdan brawychus, neu jyst yn farw gyda dim byd o gwbl yn aros amdani, dim ond gwacter. Ond roedd hi'n gwybod un peth, nad oedd hi'n gallu cario ymlaen fel hyn mwyach. Roedd hi'n ysu am Morgan, ei chorff a'i meddwl yn gwingo amdano. Roedd hi'n llythrennol yn methu byw hebddo fe. Y peth olaf a wnaeth oedd ysgrifennu llythyr at yr heddlu. Postiodd y llythyr hwnnw ben bore – gan ddal y post cyntaf. Roedd y llythyron at ei mam a Carys wedi'u postio'r prynhawn hwnnw, yn yr ail bost, jyst i wneud yn siŵr na fydden nhw'n eu ffeindio hi cyn yr heddlu.

Chwarddodd wrth feddwl ei bod hi'n defnyddio'r fath system henffasiwn mewn cyfnod pan oedd e-bost a Twitter yn rheoli cyfathrebu'r dydd. Ceisiodd ddychmygu'r adroddiadau am ei marwolaeth. Rhyw baragraff, os oedd hi'n lwcus, yn y *Glamorgan Mail*? Doedd neb fel petaen nhw'n malio rhyw lawer amdani a'i 'salwch' yn y swyddfa. Doedd ei bòs, Gwenan, ddim wedi cysylltu o gwbl, na neb arall chwaith heblaw am rywun o'r Adran Adnoddau Dynol yn cydnabod ei llythyr doctor.

Cyrhaeddodd y pecyn tabledi'n brydlon. Deg ar hugain o dabledi bach lliw hufen digon diniwed yr olwg ond â'r gallu marwol i ddirwyn ei bywyd i ben. Roedd hi wedi penderfynu mynd i'r gwely i gyflawni'r weithred. Gobeithiai y byddai'n llithro i fyd ei breuddwydion am byth wrth i'r cyffuriau wneud eu gwaith, a doedd hi ddim eisiau edrych yn anurddasol. Cofiodd y stori adroddodd cymeriad Ros yn y rhaglen deledu, *Frasier* am Lupe Vélez, actores brydferth o oes aur Hollywood, laddodd ei hun trwy gymryd gorddos o dabledi cysgu yn 1944. Roedd Lupe druan wedi gwisgo'i gŵn-nos sidan harddaf am ei bod eisiau edrych yn brydferth yn farw. Ond, yn anffodus yn ôl y papurau sgandal, roedd hi wedi bwyta pryd mawr Mecsicanaidd y noson honno ac fe ddaethon nhw o hyd iddi a'i phen yn y toiled, wedi mogu ar ei chyfog ei hun wrth i'r pryd sylweddol wrthdaro â'r cyffuriau.

Gwnaeth Erin yn siŵr ei bod yn gwisgo ei phyjamas a'i dillad isaf gorau a bod ei gwallt yn gymen. Poenai y byddai'n colli rheolaeth ar ei chyneddfau corfforol ac y byddai'n gwlychu ei hun, neu waeth – roedd wedi clywed bod hyn yn un o sgileffeithiau anffodus y weithred. Ond pam roedd hi'n malio am hynny? Y peth da am fod yn farw oedd nad oeddech yn gwybod beth oedd wedi digwydd i chi, sut oeddech chi'n edrych a phwy oedd yn asesu'ch corff chi wedi i chi fynd. Ond nid marw roedd hi mewn gwirionedd. Roedd hi'n gadael y byd hwn ac yn mynd i fyd gwell. Cymerodd anadl ddofn ac estyn y dos yr argymhellodd micromanager73 iddi ei chymryd; deg miligram o Valium a chwart o chwisgi. Roedd ei llaw yn crynu ac oedodd am funud cyn rhoi'r tabledi yn ei cheg. Agorodd y botel chwisgi. Na, doedd dim troi 'nôl nawr; byddai Morgan yn aros amdani. Dim mwy o dorcalon, dim mwy o'r ofn dirdynnol na fyddai hi'n ei weld byth eto wrth iddi ddeffro, achos fyddai yna ddim deffro.

Rhan 2

MARW

Pennod 9

'Pen-blwydd hapus i ti!
Pen-blwydd hapus i ti!
Pen-blwydd ha-pus i E-rin!
Pen-blwydd hapus i ti!'

'Hip, hip ...' gwaeddodd Lisa a gosod het bapur pinc llachar ar ben Erin.

'... Hwre!' Gafaelodd Morgan ynddi a rhoi clamp o gusan ar ei gwefusau. Teimlai Erin y dagrau'n dechrau llifo lawr ei gruddiau wrth iddi sylweddoli ei bod hi wedi llwyddo yn ei chais i fynd yn ôl at Morgan. Ond a oedd hi wedi llwyddo i gyflawni'r hunanladdiad? Roedd yna bosibilrwydd ei bod hi mewn coma neu rywbeth ac y byddai'n deffro yn y blydi ysbyty yn bibau i gyd os nad oedd hi wedi llwyddo.

'Pam y dagrau?' holodd Morgan gan sychu ei bochau â'i fodiau.

''Wy jyst yn hapus, dyna i gyd. Dyma'r pen-blwydd gorau 'wy erioed wedi'i gael.' A bod yn onest, doedd Erin ddim yn siŵr a oedd hi'n ben-blwydd arni go iawn, ond doedd hi ddim am stopio'r fath barti hapus. Efallai mai pen-blwydd symbolaidd oedd e, ei bod hi'n dechrau bywyd newydd yn yr 'isfyd' fel petai, os mai dyna oedd y gair cywir – beth oedd y gair Cymraeg am *afterlife*?

'Wotshwch eich hunain, cacen ar y ffordd!'

Trodd Erin a gweld Bet Lynch – y fenyw oedd yn gweithio tu ôl i'r bar y tro cyntaf iddi deithio i'r gorffennol – yn cario cacen siocled fawr a sgrifen eisin porffor a chanhwyllau arian arni. Roedd hi'n briodol iawn ei bod hi yn ôl yn y dafarn lle gwnaeth hi gwrdd â Morgan gyntaf.

'Chi'n neud lot o ffys am un pen-blwydd bach,' chwarddodd Erin. "Wy ddim yn dri deg eto!'

'Wel, ma rheswm arall 'da ni i ddathlu hefyd,' meddai Morgan a winciodd wrth i Bet osod y gacen o flaen Erin. 'Nawr, chwytha dy ganhwyllau a gwna ddymuniad!'

'Wy'n credu gelli di ddyfalu beth yw'r dymuniad,' gwenodd Erin wrth iddi chwythu'r canhwyllau. Llwyddodd i'w diffodd ag un chwythad caled. O, roedd hi eisiau i'r noson hon bara am byth. Roedd hi mor hapus gyda Morgan – a'i deulu hefyd; roedd y lle'n teimlo'n llawn cynhesrwydd a chariad. Diolch i Dduw ei bod hi wedi bod yn ddigon dewr i gymryd y cam eithaf. Roedd e werth y torcalon. Ceisiodd beidio â meddwl am ymateb ei mam a'i thad a Carys a Wil pan fydden nhw'n gweld beth oedd wedi digwydd iddi. Trueni nad oedd hi'n gallu anfon neges atyn nhw i ddweud ei bod hi'n iawn. Ond efallai ymhen amser y byddai'n gallu gwneud hynny, pwy a ŵyr? Os gallai hi fynd yn ôl mewn amser, efallai y medrai hi deithio yn ôl i'r dyfodol hefyd? Ond doedd dim amser i feddwl am hynny nawr, roedd Morgan yn rhoi cyllell iddi er mwyn torri'r gacen.

'Yymm, falle fod rhywbeth bach annisgwyl yn y gacen. Felly gwna'n siŵr dy fod ti'n tsiecio cyn bwyta dim ohoni,' rhybuddiodd Morgan gyda gwên fach falch.

'Beth wyt ti wedi'i neud nawr?' holodd Erin wrth iddi dorri'r gacen. Roedd hi'n amlwg nad arbenigwr oedd wedi'i phobi. Arni roedd y geiriau 'I fy annwyl Erin' wedi'u hysgrifennu yn go sigledig mewn sgrifen eisin porffor. 'Ai ti wnaeth y gacen, Morgan?'

'Ydy e mor amlwg â hynny?' Edrychodd Morgan yn ffug bwdlyd.

'Hei, helpes i 'da'r eisin 'na!' protestiodd Lisa. 'A... 'nes i ei chario hi 'ma!' ychwanegodd Rhodri wrth dywallt siampên i'w gwydrau nhw.

'Mae'n gampwaith, diolch i chi i gyd!' ebychodd Erin wrth iddi dorri'r gacen yn ofalus. Roedd bys Morgan yn pwyntio at y fan lle dylai hi dorri'r gacen. Beth oedd e'n ei gynllwynio? Yna gwelodd hi'r fodrwy: modrwy brydferth ddiemwnt ac emrallt, *vintage* yr olwg yn disgleirio ar y plât papur.

'Wps! Ma eisin arni!' Sychodd Morgan y fodrwy yn gyflym â napcyn. Trodd i edrych arni â'i lygaid duon yn llawn angerdd. 'Erin, wy'n dy garu di. Hebddot ti ma bywyd yn uffern. Wnei di 'mhriodi i?'

'Gwnaf, Morgan. Gwnaf!'

Rhoddodd Morgan y fodrwy ar ei bys yn ofalus – roedd yn ffitio'n berffaith. 'Modrwy Mam-gu,' meddai Morgan gan gydio yn ei llaw a'i hedmygu. 'Oes ots 'da ti ei bod hi'n ail law?'

'Ots? Wy'n dwlu arni! Mae'n meddwl shwd gymaint i fi dy fod ti wedi rhoi modrwy dy fam-gu i fi.' Gwenodd Erin drwy ei dagrau a'i gofleidio'n falch.

'Byddai hi a Mam wedi dwlu arnat ti hefyd,' atebodd Morgan. A gwelodd Erin y dagrau'n dechrau cronni yn ei lygaid yntau.

'Hwre!' gwaeddodd Lisa a'i chofleidio. 'Croeso i'r teulu, Erin!' Yna trodd Lisa a gweiddi'n groch ar Bet Lynch a safai gerllaw yn gwenu arnynt trwy gwmwl o fwg sigarét. 'Miwsig plis, Sue!'

Gwasgodd Sue fotymau'r jiwc-bocs a dechreuodd cân Dexy's Midnight Runners 'Come on Eileen' chwarae'n uchel.

'Beth am ddawns fach 'te?' holodd Lisa, a llusgodd pawb i'w traed ar y llawr dawnsio. Doedd Erin erioed wedi profi'r fath deimlad o ewfforia o'r blaen ond gwyddai nawr mai dyma'r teimlad o hapusrwydd llwyr yr oedd ei chalon wedi bod yn chwilio amdano cyhyd.

'Wy'n dy garu di, Morgan, a wneith dim byd byth ein gwahanu ni,' sibrydodd yn ei glust wrth iddyn nhw symud i rythm y gân gawslyd.

'Byth bythoedd,' atebodd Morgan yn bendant. Edrychon nhw o'u cwmpas ac roedd pawb yn y dafarn yn dawnsio'n eitha meddw ac yn canu'n groch, 'Come on Eileen ...' Oedd, roedd yr wythdegau'n wych!

'Mas â chi nawr, blantos! Mae'n hanner awr wedi un ar ddeg! Amser mynd tua thre!' cyhoeddodd Sue wrth iddyn nhw lowcio gweddillion olaf eu siampên.

'Gest ti noson neis?' holodd Morgan wrth iddyn nhw adael y dafarn yn go sigledig.

'Noson orau 'mywyd i,' atebodd Erin. 'Diolch i ti am ben-blwydd ffantastig. Dwi ddim yn gwybod beth wnes i dy haeddu di. Ond wy'n diolch bob dydd ein bod ni wedi cwrdd.'

'Blydi hel, chi'ch dau fel blydi Mills an' Boon. Mae'n ddigon i wneud i ddyn gyfogi heblaw am y ffaith eich bod chi mor blydi ciwt!' chwarddodd Lisa a'u cofleidio'n dynn.

'Well i fi yrru, wy'n meddwl,' meddai Rhodri gan estyn ei law draw at Morgan am yr allweddi.

'Ie, syniad da, boi.' Taflodd Morgan yr allweddi ato'n drwsgl. ''Wy wedi cael 'bach gormod o siampên heno ...'

'A chwrw, a JD,' ategodd Lisa.

Agorodd Morgan ddrws y car i Erin a dringodd hi i mewn i'r sedd gefn gyda Morgan yn ei dilyn. Yn sydyn, drwy'r cwmwl o orfoledd cariadus a siampên, daeth amheuaeth erchyll i'w meddwl. *Shit*! Beth os mai hon oedd noson y ddamwain? Beth os mai heno oedd y noson pan fyddai pob dim yn dod i ben? Roedd Lisa a Rhodri yn y car gyda Morgan. Cofiodd fod Lisa wedi dweud eu bod nhw mewn parti pen-blwydd ar noson y ddamwain. Ond yn yr adroddiad papur newydd, Lisa oedd yn gyrru, nid Rhodri. A pharti pen-blwydd Rhodri oedd y digwyddiad noson y ddamwain, nid ei phen-blwydd hi. Na, nid heno oedd y noson felly. Roedd ganddi amser i rwystro'r ddamwain o hyd. Ond a oedd angen iddi atal y ddamwain os oedden nhw mewn realiti arall nawr, ta p'un 'ny? Ceisiodd bwyso a mesur beth fyddai rheolau'r byd newydd hwn, ond roedd ei meddwl fel candi-fflos oherwydd yr alcohol, ac wrth gwrs doedd ganddi ddim syniad go iawn. Roedd y cyfan yn newydd iddi. A phrun bynnag doedd hi ddim am adael i baranoia ddifetha noson mor berffaith â hon. Roedd Rhodri'n gyrru ac roedd popeth yn iawn.

Cyneuodd Lisa sbliff cyn gynted ag y glaniodd hi yn sedd y teithiwr. Deffrodd y radio wrth iddyn nhw yrru ymaith gyda llais melfedaidd Etta James yn canu'r clasur 'At Last', un o hoff ganeuon serch Erin. Suai i'r gerddoriaeth a chymrodd y sbliff o law Lisa gan anadlu'r mwg yn ddwfn i'w hysgyfaint. Cusanodd Morgan gan rannu'r mwg gydag e. Chwarddodd y ddau fel dau blentyn ysgol.

'Oi, rhowch 'bach o hwnna i fi,' protestiodd Rhodri.

'Sori *drive*,' chwarddodd Morgan a phasio'r sbliff iddo.

'Be newn ni fory 'te?' holodd Morgan.

Roedd Erin ar fin ei ateb pan welodd Land Rover mawr du yn agosáu atynt o ochr arall yr heol. Land Rover achosodd y ddamwain angheuol, ondife? Edrychodd ar ei horiawr. *Shit*! Roedd hi'n hanner nos.

'Rhodri, gwylia'r Land Rover 'na, wnei di. Mae'n edrych yn eitha sigledig,' rhybuddiodd.

Ond roedd Rhodri'n rhy brysur yn cusanu Lisa i dalu sylw i unrhyw Land Rover.

'Rhodri!' gwaeddodd Erin yn fwy taer, a throdd Morgan i edrych arni mewn penbleth. Ond roedd hi'n rhy hwyr. Yn union fel y dywedodd Lisa wrthi yn ei swyddfa, fe yrrodd y Land Rover yn syth tuag atyn nhw, ei lampau mawr yn eu dallu â'u disgleirdeb. Sylweddolodd Morgan beth oedd ar fin digwydd a dechreuodd yntau weiddi hefyd. Gafaelodd Morgan ynddi a'i thaflu'n galed i'r llawr. Yna clywyd yr ergyd fawr. Allai Erin weld dim ond tywyllwch ar lawr y car. O'i chwmpas clywodd sgrechiadau Rhodri, Morgan a Lisa fel côr brawychus. Yna, tawelwch heblaw am Etta James, oedd yn dal i ganu, 'Oh yeah yeah ... Oh and then the spell was cast, And here we are in heaven ... for you are mine ...'

Cododd Erin yn sigledig a throi at Morgan. Sgrechiodd pan welodd ei wyneb gwaedlyd yng ngolau'r nos. Roedd ei lygaid tywyll yn ddi-weld, ei wddf ar ongl od, fel tegan wedi'i stwffio i gornel gan blentyn dihidans.

'Morgan!' Ysgydwodd ei fraich yn dyner. 'Morgan!' Ysgydwodd e'n galetach eto. Plygodd ei phen at ei fynwes a gwrando i weld a fedrai hi glywed ei galon yn curo. Yna disgynnodd ei ben ymlaen yn llipa a gwyddai Erin ei fod wedi marw. 'Na! Na! Lisa! Rhodri!' Trodd yn wyllt tuag ei ffrindiau ac yna sgrechiodd eto, sgrech erchyll a miniog, sgrech nad oedd hi'n gwybod ei bod hi'n medru ei chynhyrchu wrth iddi weld pen Lisa yn gorwedd yn sypyn gwaedlyd a gwalltog ar lawr ger sedd y teithiwr. Roedd dwylo Rhodri'n dal i fod ar yr olwyn wrth iddo syllu'n ddi-weld i'r pellter a'r sbliff yn mygu yn ei ymyl. Yna dechreuodd Erin weiddi am help.

Rhwygodd llais cras Mick Jagger ar y radio drwy dawelwch y bore a'i deffro â'r gân, 'Time is on my side'. Eisteddodd Erin i fyny'n wyllt yn y gwely. Ble roedd hi? Oedd hi 'nôl yn 2012? Edrychodd o'i chwmpas yn betrus i wneud yn siŵr. Na, roedd hi yn ystafell wely Morgan yn Stryd Arabella. Ar y wal gyferbyn â'r gwely roedd poster cyfarwydd Joy Divison, pwysai gitâr acwstig Morgan ar hen gadair freichiau wrth y ffenestr ac aroglai'r ystafell o dôp a jos-stics.

'Mmm ...' Trodd Erin a gweld Morgan yn mwmian iddo'i hun yn ei drwmgwsg wrth ei hymyl a theimlodd bwl o ryddhad. Ochneidiodd yn ddwfn ac edrych yn ofalus ar ei wyneb annwyl. Na, dim creithiau, dim olion damwain echrydus neithiwr, dim byd. O Dduw, rhaid mai hunllef oedd y cyfan. Rhyw arhosfan echrydus yn yr isfyd wrth iddi fynd ar ei siwrne o fyd y byw i fyd y meirw ... Ife?

Trueni nad oedd Google yn handi ganddi i weld beth oedd gan y Dr Randy Casavattes i ddweud am hyn oll. Ond y peth pwysicaf oedd fod Morgan yn amlwg yn fyw ac yn iach, a golygai hynny fod Lisa a Rhodri yn iawn hefyd. Hunllef oedd y cyfan, dyna i gyd. Rhoddodd ei breichiau am gorff Morgan a swatio'n dynn ato fel anifail bach anghenus. Deffrodd yntau yn araf a throi i'w hwynebu.

'Be sy Erin? Ma dy galon di'n curo fel gordd,' mwmialodd Morgan wrth rhoi ei law ar ei mynwes.

'O, fe ges i hunllef ofnadwy, Morgan ... Roeddet ti, fi, Lisa a Rhodri yn y car ar y ffordd adre o'r dafarn ... daeth y Land Rover 'ma o nunlle a'n bwrw ni. Rhodri oedd yn gyrru. Roeddech chi i gyd wedi marw, roedd e'n erchyll ...'

'Dim ond hunllef oedd hi bach. Dere fan hyn am gwtsh alli di ddim llefen ar dy ben-blwydd. Mae e'n erbyn y gyfraith!' Chwarddodd Erin yn wan. Ei phen-blwydd? Dyna beth oedd y parti yn yr hunllef ... Lapiodd Morgan ei freichiau cryfion amdani a suddodd hithau i'w freichiau'n ddiolchgar. Roedd y cyfan mor real: Lisa a'i hanafiadau dychrynllyd, Morgan fel doli glwt yn y sedd gefn a Rhodri'n syllu i wagle. Teimlodd y dagrau'n rhedeg i lawr ei gruddiau wrth iddi geisio peidio â beichio crio.

'Hei, hei. Be sy'n bod?'

'Roedd hi'n hunllef mor real, Morgan. Sai'n gwybod beth nelen tasen i'n dy golli di.'

'Wnei di byth 'y ngholli i.'

'Addo i fi y byddi di wastad yn garcus pan wyt ti mewn car. Ti'n addo?'

'Wy'n addo. O'n i ddim yn gwybod dy fod ti mor ofergoelus.'

''Wy ddim fel arfer, ond roedd yr hunllef yna mor real – roedd hi fel rhybudd o ryw fath.' Credai Erin nawr fod yr hunllef yno i'w rhybuddio i beidio â gadael i'w theimladau rhamatus tuag at Morgan dynnu ei sylw oddi ar ei chenhadaeth, sef atal y ddamwain erchyll rhag ddigwydd.

'Eniwei, paid â meddwl am bethe fel 'na nawr. Mae heddi'n ddiwrnod arbennig – dy ben-blwydd di ac mae gen i anrheg sbesial i ti.' Cusanodd hi'n nwydus a dechreuon nhw garu. Teimlodd Erin ei chorff yn ymateb i'w gyffyrddiadau ac anghofiodd am ei phryderon wrth ildio'n llwyr iddo. Roedd nerth eu cariad mor bwerus ag erioed.

'Pen-blwydd hapus, 'nghariad i,' sibrydodd yn ei chlust. 'Fe gei di dy anrheg go iawn nes mlân. Ni wedi trefnu parti gwych i ti heno.'

Pennod 10

Beth ddiawl oedd Morgan yn ei feddwl? Ai heno oedd noson y parti 'te? Mae'n rhaid mai rhybudd oedd yr hunllef yna. Nid cyd-ddigwyddiad oedd y ffaith ei bod hi wedi cael hunllef echrydus o real y noson cyn y parti ei hun. Byddai'n rhaid iddi sìcrhau na fyddai Rhodri na Lisa'n gyrru felly. Byddai'n rhaid iddi hi yrru a gwneud yn siŵr eu bod nhw'n gadael y dafarn ar ôl hanner nos i osgoi'r gwallgofddyn oedd yn gyrru'r Land Rover yna.

'Beth am frecwast bach yn yr Embassy?' holodd Morgan gan dynnu ei grys T Joy Division a'i jîns amdano. Yr Embassy oedd hoff gaffi Morgan ar Albany Road, ac roedden nhw wedi bod yno ambell waith am frecwast seimllyd ond godidog ar ôl noson fawr allan.

'Ie, syniad da. Mae angen *fry-up* arna i ar ôl y shiglad yna ges i.'

'Mmm, ie. Ma *fry-up* yn neud popeth yn well.' Gwenodd Morgan a'i chusanu.

'What do you want?' holodd Stan, perchennog y caffi. Dyn bach, swrth, boliog yn ei bedwardegau o dras Arabaidd oedd Stan; gwisgai ffedog blastig a'r geiriau 'Don't Kiss the Cook' arni. Roedd ganddo sawl modrwy aur ddrudfawr ar ei fysedd tewion. Boi rhyfedd oedd Stan. Er bod Morgan yn gwsmer cyson iddo ers sawl blwyddyn, ni ddangosai Stan unrhyw arwydd ei fod yn ei adnabod a byddai'n trin pob cwsmer, hen a newydd, â'r un ymagwedd swta a diflas. Hongiai hen arwydd ar y teils hynafol y tu ôl iddo oedd wedi melynu gan saim y blynyddoedd, a'r geiriau, 'No refunds, no cheques, no free meals' wedi'u hysgrifennu arno â beiro du trwchus. O leia roeddech chi'n gwybod ble roeddech chi'n sefyll gyda Stan. I'r chwith o'r arwydd roedd calendr Page 3 y *Sun* gyda model y mis, Angie Layne, yn gwenu'n ddeniadol arnyn nhw a'i bronnau mawr yn edrych yn eitha fflat yn y dyddiau hynny cyn bronnau ffug. Yn wir, roedden nhw'n edrych fel wyau wedi'u ffrio, meddyliodd Erin.

'I'll have the large Welsh breakfast, please, with fried bread, extra sausage and a mug of tea,' meddai Morgan yn fodlon.

'Small breakfast, please, with coffee,' ychwanegodd Erin, yn dal i fod yn ofalus gyda'i phwysau, er nad oedd hi'n siŵr a oedd gwneud hynny'n berthnasol mwyach yn yr isfyd neu'r byd arall yma.

Eisteddodd y ddau ar y cadeiriau plastig coch wrth fwrdd fformeica llwyd bychan oedd wedi gweld dyddiau gwell ers tro. Daeth gwraig Stan, oedd yn gweithio fel cogyddes a gweinyddes yn y caffi ambell waith, i lanhau'r bwrdd. Roedd hi ychydig yn fwy serchus na'i gŵr ac yn ddynes ag acen Caerdydd gref. Roedd ganddi fop o wallt – yn llythrennol fwy neu lai – achos roedd ei phen yn glwstwr o gyrls coch llachar. *Perm* anffodus oedd yn ymdebygu i steil gwallt y gitarydd roc enwog, Brian May, meddyliodd Erin.

'Just give this a quick clean, luv,' gwichiodd y fenyw, a ffag yn hongian o'i gwefusau. Disgynnodd ychydig o lwch o'r sigarét ar y bwrdd a chydag un fflic medrus â'r clwtyn yn ei llaw, llwyddodd Mrs Brian May i'w waredu cyn i Morgan sylwi arno hyd yn oed.

'Felly, beth yw'r cynllun heno?' holodd Erin, yn ceisio dangos brwdfrydedd tuag at y parti er na fedrai anghofio'r hunllef oedd yn dal i chwyrlïo o gwmpas ei phen.

'Syrpréis, madam. Felly'n anffodus alla i ddim datgelu dim byd tan heno.' Gwenodd Morgan wrth dderbyn ei fygaid o de gan ddynes y caffi a chynnau sigarét.

'Ond shwd fydda i'n gwybod beth i'w wisgo os wyt ti'n pallu rhoi manylion i fi?' holodd Erin yn ffug bwdlyd.

'Ti wastad yn edrych yn hyfryd, beth bynnag ti'n wisgo. Ond ocê, does dim angen dillad cynnes arnat ti achos byddwn ni o dan do.'

'O, grêt, ma hynna'n help mawr,' chwarddodd Erin, oedd wedi gobeithio am fwy o gliwiau na hynny.

'Esgusodwch fi, oes tân 'da chi plis?' holodd hen ŵr a eisteddai gerllaw. Daliai sigâr yn ei law yn ddisgwylgar.

'Oes, dyma chi,' atebodd Morgan yn boléit a phasio'r taniwr iddo.

'Diolch, ffrind. Bydden i'n osgoi'r pwdin gwaed; ma fe'n eitha di-flas heddi.' Pwyntiodd yr hen ŵr at ei blât oedd yn wag ac eithrio'r lwmpyn o bwdin du yr oedd wedi'i wthio at yr ymyl.

'Diolch am y tip.' Winciodd Morgan ar Erin.

'Mind your backs,' cyhoeddodd dynes y caffi wrth iddi gario'u platiau brecwast oedd yn orlawn o selsig, wyau a bacwn. Roedd tomen o fara wedi'i ffrio ar blât Morgan ac er mai brecwast bach yr oedd Erin wedi'i archebu, roedd yn ddigon i fwydo mwy na hi.

'Lyfli,' ochneidiodd Morgan yn fodlon a rhwbio'i ddwylo'n falch. "Sdim byd gwell yn y byd na gwd sgram! Can I have brown sauce please, love?' gofynnodd i'r fenyw.

Mewn munud dychwelodd Mrs Brian May yn cario'r sos brown, ond llithrodd ar damaid o saim ar y llawr feinyl amryliw ger bwrdd Morgan ac Erin a disgynnodd y botel sos brown yn glatsh ar y llawr, â gwydr a saws yn mynd i bobman.

'Bugger!' ebychodd y fenyw'n biwis. 'Sorry, luv, I'll get you another one now.' A ffwrdd â hi i nôl mop a bwced i lanhau'r llanast.

'O diar,' meddai Morgan gan wenu. 'Ma damweinie'n digwydd.'

'Pen-blwydd hapus i ti!
Pen-blwydd hapus i ti!
Pen-blwydd ha-pus i E-rin!
Pen-blwydd hapus i ti!'

'Hip, hip ...' gwaeddodd Lisa a gosod het bapur pinc llachar ar ben Erin.

'... Hwre!' Gafaelodd Morgan ynddi a rhoi clamp o gusan ar ei gwefusau. O ffyc! Roedd hyn yn union fel ei hunllef neithiwr. Ai cyd-ddigwyddiad oedd e? Neu rywbeth mwy sinistr? Ceisiodd Erin gael gwared o'i hofnau a chanolbwyntio ar y parti. Roedd Morgan yn amlwg wedi bod yn brysur yn paratoi noson i'w chofio iddi a doedd hi ddim eisiau ei siomi. Dim ond iddi hi yrru a pheidio ag yfed gormod, byddai popeth yn iawn.

'Wotshwch eich hunain, cacen ar y ffordd!'

Trodd Erin a gweld Bet Lynch yn cario cacen siocled fawr a sgrifen eisin porffor a chanhwyllau arian arni. Yr un gacen yn union â honno a welsai yn ei hunllef. Ond chwarae teg, roedd Morgan yn gwybod mai cacen siocled oedd ei hoff fwyd melys ac mai porffor oedd ei hoff liw. Efallai ei bod hi'n gorddramateiddio'r peth. 'Chi wedi mynd i lot o drafferth,' meddai Erin yn ysgafn. ''Wy ddim yn dri deg eto!'

'Wel, ma rheswm arall 'da ni i ddathlu hefyd,' oedodd Morgan a wincio arni wrth i Sue, y dafarnwraig, osod y gacen o'i blaen.

Roedd e fel gwylio ailddarllediad o raglen deledu – gwyddai Erin yn iawn beth oedd yn dod nesa. Ceisiodd ymresymu â'i hun. Falle'i bod hi wedi datblygu doniau seicig ers iddi farw a'i bod hi'n gallu rhagweld rhai pethau cyn iddyn nhw ddigwydd. Roedd hi'n dwp i feddwl y byddai popeth yn 'normal' yn y byd hwn gyda Morgan, felly penderfynodd fwynhau'r noson orau y gallai. Wedi'r cwbl, roedd pethau gwaeth o lawer na chael parti wedi'i drefnu ar eich cyfer ac yna'ch cariad yn gofyn i chi ei briodi fe. 'Nawr, chwytha dy ganhwyllau a gwna ddymuniad!' gorchmynnodd Morgan.

'Wy'n credu y medri di ddyfalu beth yw'r dymuniad,' gwenodd Erin wrth iddi chwythu'r canhwyllau a'u diffodd ag un anadl ddofn. Ond ei gwir ddymuniad oedd na fydden nhw'n gweld y Land Rover ddiawl yna heno. Rhoddodd Morgan gyllell iddi dorri'r gacen.

'Yymm, falle bod rhywbeth bach annisgwyl yn y gacen. Felly gwna'n siŵr dy fod ti'n tsiecio cyn bwyta dim ohoni,' rhybuddiodd Morgan.

Ac yna gwelodd hi'r fodrwy, yr un fodrwy yn union ag a welsai yn yr hunllef. Dechreuodd deimlo fel petai'n boddi a cheisiodd anadlu'n ddwfn. Syrthiodd y gyllell o'i dwylo a disgyn gyda chlep ar y llawr.

'Hei, beth sy, wyt ti'n iawn? O *shit*! Ydw i'n symud yn rhy glou i ti?' holodd Morgan gyda chonsýrn yn ei lygaid. Edrychodd Lisa a Rhodri arni'n betrus. *Shit*! Roedd hi'n dinistrio awyrgylch y parti; dylai hon fod yn noson orau ei bywyd.

Roedd yn rhaid iddi stopio meddwl am yr hunllef stiwpid yna. Y peth diwethaf roedd hi eisiau ei wneud oedd difetha'r noson a thorri calon Morgan.

'Y sioc yw e, dim byd arall. 'Wy jyst mor hapus, dyna i gyd. Mae fel breuddwyd.' Cusanodd hi Morgan yn llawn angerdd i ddangos pa mor gryf oedd ei chariad tuag ato. Falle mai prawf oedd yr hunllefau yma, i brofi ei gwir deimladau tuag at Morgan. Gwenodd yntau gyda rhyddhad.

'Wps! Ma eisin arni!' Sychodd y fodrwy yn gyflym â napcyn. Yna trodd i edrych arni a'i lygaid duon yn llawn angerdd. 'Erin, wy'n dy garu di. Hebddot ti ma bywyd yn uffern. Wnei di 'mhriodi i?'

'Gwnaf, Morgan. Gwnaf!'

Rhoddodd Morgan y fodrwy ar ei bys yn ofalus, ac wrth gwrs roedd yn ffitio'n berffaith.

'Miwsig plis, Sue!' gwaeddodd Lisa.

Gwasgodd Sue fotymau'r jiwc-bocs a dechreuodd cân Dexy's Midnight Runners 'Come on Eileen' chwarae'n uchel.

'Mas â chi nawr, blantos! Mae'n hanner awr wedi un ar ddeg! Amser mynd tua thre!' cyhoeddodd Sue wrth iddyn nhw lowcio gweddillion olaf eu siampên.

'O, Sue! Allwn ni gael un rownd bach eto?' plediodd Erin. 'Mae'n noson arbennig wedi'r cyfan. Pliiis.' Os gallai hi berswadio Sue i adael iddyn nhw gael un ddiod arall, yna byddai bwgan y Land Rover du wedi'i drechu achos gwyddai fod y ddamwain yn digwydd am hanner nos.

Edrychodd Sue arni am eiliad, a dododd loshinen Mintoes yn ei cheg a sugno'n feddylgar. 'Ocê 'mach i. Am mai ti sy'n gofyn, un bach arall.'

Syllodd Erin ar y papur Mintoes yn llaw Sue, ei hewinedd wedi'u paentio'n goch sgarlad. Er iddi deimlo bod *déjà vu* yn ei dilyn hi drwy'r nos, sylweddolodd Erin gyda fflach drydanol pwy oedd Sue go iawn. Na, doedd bosibl? Yr hen wraig yn y parc? Y fenyw fach 'na oedd wedi'i mwydro hi ar y diwrnod cyntaf hwnnw pan welodd fainc Morgan? Na! Ife?

Edrychodd Erin ar ei hwyneb hi eto yn fwy gofalus ac er bod y fersiwn hwn o Sue ddeng mlynedd ar hugain yn iau na'r hen wraig yn y parc, roedd ganddi'r un llygaid glas craff, yr un wynepryd, a'r un troeon ymadrodd hefyd; cofiai fod yr hen wraig wedi'i galw hi'n "mach i'. Beth oedd ystyr hyn? Oedd yr hen wraig wedi cael ei hanfon i'r parc gan ryw bŵer goruwchnaturiol er mwyn ei thywys hi yn ôl i'r gorffennol ac at Morgan, rhyw fath o *fairy godmother*? Roedd fel petai ei damcaniaeth wallgo'n cael ei gwireddu gan fod Sue wedi cytuno i adael iddyn nhw aros am un drinc arall. Gwyliodd Erin hi'n cloi drws y dafarn wedi i'r pyntars eraill adael; roedd hi'n *fairy godmother* go anghyffredin, a dweud y lleiaf yn ei ffrog print llewpart tyn oedd yn dangos gormod o goes ac yn cynnig golygfa anhygoel o helaethrwydd ei bronnau.

'*Lock-in*!' gwaeddodd Lisa yn falch.

'Na, Miss Lisa,' siarsiodd Sue. 'Dim ond un arall, a bydd yn rhaid i chi fynd wedyn, neu bydd y cops mas 'ma.' Winciodd ar Erin a gwenodd hithau'n hapus arni. Diolch byth am Sue! Roedd hi wedi achub eu bywydau.

Ddwy awr yn ddiweddarach, roedd Sue wedi'u taflu allan o'r dafarn o'r diwedd. Teimlai Erin yn benysgafn gan ryddhad. Roedd hi'n agosáu at ddau o'r gloch y bore a doedd dim siawns y bydden nhw'n dod ar draws y Land Rover yna. Cydiodd ym mraich Morgan yn fodlon.

'Gest ti noson neis?' holodd Morgan wrth iddyn nhw adael y dafarn yn go sigledig. 'Sylwes i nad oeddet ti'n yfed rhyw lawer.'

'O'n i ishe cofio popeth am noson orau fy mywyd,' atebodd Erin, gan ryfeddu pa mor rhwydd roedd hi'n gallu dweud celwydd y dyddiau yma. Wrth gwrs, doedd hi ddim am oryfed er mwyn iddi hi fedru gyrru pawb adre'n ddiogel.

'Ti'n neud i fi deimlo'n euog nawr, achos yfes i dipyn,' meddai Morgan. 'Wy'n *pissed* gach!'

'Wyt, mi wyt ti,' cytunodd Rhodri, yn symud yn eitha trwsgl tuag atyn nhw. 'Well i fi yrru, wy'n meddwl,' meddai gan estyn ei law draw at Morgan am yr allweddi.

'Rhodri, ti wedi cael gormod hefyd,' meddai Erin yn awdurdodol. 'Dim ond cwpwl ges i. Fe wna i yrru, i ni fod yn saff ...' Trodd Erin at Morgan a murmur yn dawel, 'Ti'n cofio'r hunllef ges i?'

'Gad iddi yrru, Rhodri. Hi yw'r bòs nawr!' cytunodd Morgan gan wasgu ei llaw.

'O diawl, mae e dan y fawd yn barod!' chwarddodd Rhodri.

'Ie, trueni 'se ti'n gwrando arna i fel mae Morgan yn gwrando ar Erin!' pregethodd Lisa wrth ei chariad wrth iddyn nhw ddringo i mewn i'r car.

'Beth y'ch chi'ch dau'n neud fory?' holodd Lisa o'r sedd gefn a chynnau sbliff a dechrau'i smygu.

'Edrych ar ei gilydd yn sopi fel dau lo, siŵr o fod, cyn sgipo drwy gae yn llawn rhosys!' chwarddodd Rhodri ac yfed y cyfan o'i gan cwrw yn y sedd gefn ar ei dalcen.

'Wel, ma 'da ni'n bywydau o'n blaenau ni i wneud llygaid llo ar ein gilydd,' meddai Morgan. 'Wy'n meddwl y bydde fe'n neis cael picnic yn y parc os y'ch chi ffansi dod chi'ch dau.'

'Dibynnu shwd fydd yr *hangover* fory! Mwy na thebyg bydda i'n codi am hanner dydd ac yn mynd yn syth i'r Embassy am frecwast mawr,' chwarddodd Lisa a thynnu mwg y sbliff yn ddwfn i'w hysgyfaint. Pasiodd y sbliff i Morgan a thynnodd hwnnw ar y mwgyn cyn ei basio draw at Erin.

'Well i fi beidio, 'wy ishe canolbwyntio ar yr heol,' meddai Erin yn ysgafn, gan obeithio nad oedd Morgan wedi sylwi ar ei dwylo oedd yn gafael fel crafangau cranc yn yr olwyn lywio.

'Wel, 'sdim enaid byw ar yr heol, Erin fach. Cymra beth.' Canai Lisa'n llon, 'Mae heno'n noson i ddathlu!'

Cydiodd Erin yn y sbliff. Popeth yn iawn, roedd hi wedi sicrhau na fydden nhw'n dod ar draws y diawl meddw yna ar yr heol heno. Roedden nhw bron â bod adre. Jyst croesi'r bont ac mi fydden nhw'n saff. Ond wrth iddi smygu'r sbliff, daeth goleuadau llachar o rywle i'w dallu.

'Erin!' gwaeddodd Morgan yn ei hochr wrth iddi golli rheolaeth ar y car. Sgrialodd y teiars ac Erin yn ceisio osgoi'r goleuadau. Ond roedd hi'n rhy hwyr. Doedden nhw ddim ar yr heol mwyach. Roedd y car yn yr awyr.

'Erin! Erin!' clywai hi Morgan yn gweiddi drachefn. Sgrechiodd Lisa a Rhodri fel dau fanshi a cheisiodd Erin droi'r olwyn â'i holl nerth. Ond roedd hi'n rhy hwyr i hynny. Daeth dŵr oer yn flanced ddu i'w gorchuddio a chrynodd y car gyda'r ergyd a phlymio i mewn i'r afon.

Pennod 11

'Time is on my side ...' Roedd Mick Jagger yn gweiddi'r gân, allan i'r bore ar y cloc radio eto. '... you'll come running back ...'

Deffrodd yn wyllt. Ble roedd hi? Edrychodd o'i chwmpas a sylweddoli'n syth ei bod yn ystafell wely Morgan. 'Mmm ...' mwmialodd Morgan yn ei gwsg. Beth ffwc oedd yn digwydd? Y peth diwethaf roedd hi'n ei gofio oedd y car yn plymio i'r afon. Doedd bosib mai hunllef arall oedd honno hefyd? Beth oedd yn digwydd? Edrychodd ar wyneb Morgan ... Na, dim creithiau, roedd e'n hollol iawn. Pwniodd e yn ei ochr yn ysgafn. 'Morgan, Morgan, deffra, wnei di!'

'Mmm? Hei, bore da, 'nghariad i ...' Rhoddodd ei freichiau amdani a'i thynnu i'w fynwes. 'Beth sy, Erin? Ma dy galon di'n curo fel gordd,' meddai Morgan gan roi ei law ar ei mynwes.

'Morgan, ma rhywbeth od ofnadwy'n digwydd. Ges i hunllef erchyll neithiwr, fel yr un 'na ges i'r noson cyn hynny ... Fe gafon ni ddamwain car eto: ti, fi, Lisa a Rhodri. Ond y tro 'ma, fi oedd yn gyrru.'

'Dim ond hunllef oedd hi, bach. Dere fan hyn am gwtsh, alli di ddim llefen ar dy ben-blwydd. Mae e yn erbyn y gyfraith!' Ei phen-blwydd? Beth yffarn oedd yn digwydd? Oedd hi'n Groundhog Day neu beth? Eisteddodd Erin i fyny yn y gwely mewn penbleth.

'Ond ges i 'mhen-blwydd i ddoe. Ti'n cofio? Gafon ni barti a chacen a ...' Cododd Erin ei llaw chwith i edrych ar y fodrwy ddyweddïo ond doedd hi ddim ar ei bys mwyach. Edrychodd ar y cwpwrdd bach yn ymyl y gwely, doedd dim arwydd o'r fodrwy. Beth ddiawl?

'Ti wedi drysu. Heno ma'r parti ond o't ti ddim fod i wybod am hwnna, mae'n syrpréis,' ffug-ddwrdiodd Morgan hi.

Roedd rhywbeth o'i le fan hyn. 'Ti'n chwarae triciau arna i, Morgan?'

'Triciau? Dim o gwbl. Nawr, dwi ddim ishe clywed mwy am yr hunllef yma. Mae heddi'n ddiwrnod arbennig, dy ben-blwydd di, ac mae gen i anrheg sbesial i ti.' Cusanodd hi'n nwydus ond roedd Erin wedi rhewi. 'Hei, mae'r hunllef 'ma rili wedi dy ypsetio di, on'd yw hi?'

'Dyma'r eildro i hyn ddigwydd mewn dwy nosweth, Morgan. Ry'n ni'n gadael y parti ac yn cael damwain car erchyll. Rhodri oedd yn gyrru'r tro cynta, finne'r eildro a dyw e ddim yn neud gwahaniaeth ... Ti wastad yn marw.'

Rhoddodd Morgan ei llaw hi ar ei frest a theimlodd Erin ei galon yn curo'n araf, yn gyson a chysurlon. 'Hunllefau oedden nhw, dyna i gyd. Rydyn ni'n iawn, on'd y'n ni? Nawrte, dere 'ma am gwtsh. Fe gei di dy anrheg go iawn nes mlân.'

'Beth am frecwast bach yn yr Embassy?' holodd Morgan gan dynnu ei grys T Joy Division a'i jîns amdano.

''Wy ddim rili ishe brecwast mawr,' meddai Erin, yn dal wedi'i siglo gan yr hunllef ddiweddaraf, er ei bod hi wedi ceisio anghofio amdani ym mreichiau Morgan.

'O dere mlân, ti'n haeddu brecwast mawr ar dy ben-blwydd!' cocsiodd Morgan.

'O ocê 'te, ond tro 'ma, 'wy am gael rhywbeth gwahanol oddi ar y fwydlen, 'wy wedi cael digon o *fry-ups* mawr yn ddiweddar,' meddai Erin. Roedd hi'n benderfynol o ddatrys y dirgelwch yma a gweld ai hunllefau oedd y rhain ai peidio. Âi i'r caffi gyda Morgan i weld beth fyddai'n digwydd y tro yma.

'What do you want?' holodd Stan yn swta. Gwisgai ei ffedog 'Don't Kiss the Cook' arferol. Edrychodd Erin ar y mur a gweld gyda braw fod calendr Page 3 y *Sun* gyda model y mis, Angie Layne, yn hongian ar y wal, yn union fel yn ei hunllef. Doedd hi ddim wedi bod yn y caffi ers rhai wythnosau, felly sut ddiawl oedd hi'n gwybod am y calendr a'r fodel benodol honno a'i bronnau wy wedi ffrio?

'I'll have the large Welsh breakfast, please, with fried bread, extra sausage and a mug of tea,' meddai Morgan.

'Scrambled eggs on toast with tea, please,' mwmialodd Erin, yn benderfynol o fynd go chwith i'r hunllef. Os newidiai hi cymaint o'r digwyddiadau ag y medrai, byddai'n chwalu'r felltith yma neu beth ddiawl bynnag oedd yn digwydd iddi, doedd bosib?

'I'll just give this a quick clean, luv' gwichiodd Mrs Brian May a'r ffag yn hongian o'i cheg. Cyn iddi gael cyfle i fflicio'r llwch oddi ar y bwrdd gyda'i chlwtyn sychu, ffliciodd Erin y llwch i ffwrdd â'i bys a'i bawd.

'Ti'n gwybod beth, sai'n siŵr ydw i'n ffansïo parti mawr heno. Pam 'sen ni'n aros gartre a chael parti bach preifat, jyst ni'n dau?' holodd Erin yn obeithiol gan gyrlio'i bysedd o amgylch ei fysedd a'u gwasgu nhw'n awgrymog. Dyna un ffordd sicr o stopio'r gwallgofrwydd – peidio â mynd allan o gwbl.

'Beth? A finne wedi bod yn paratoi syrpréis i ti ers dyddie?' atebodd Morgan yn anghrediniol.

'Does dim angen syrpreisys arna i, mae bod 'da ti ar fy mhen-blwydd yn fwy na digon,' plediodd Erin, yn gobeithio y byddai yntau'n cytuno.

'Ody hyn achos yr hunllef yma?'

'Odd e mor real, Morgan ...'

'Os ti'n teimlo mor gryf â hynny, fe yrra i heno. Ddim ti a dim Rhodri. Wedyn, byddwn ni'n saff.'

Doedd Erin yn dal ddim yn siŵr a fyddai hynna'n gwneud gwahaniaeth. 'Pam 'sen ni'n cael tacsi, jyst i fod yn saff?'

'Tacsi? Ar nos Wener? Dim gobaith! Newn ni byth gael gafael mewn un. Fe yrra i, yfa i ddau beint yn unig i wneud yn siŵr,' gwenodd Morgan. Falle byddai cael Morgan yn gyrru yn ddigon i newid pethau. Wedi'r cwbl, roedd e wedi bod yn sedd y teithwr bob tro hyd yn hyn.

'Mind your backs,' cyhoeddodd dynes y caffi wrth iddi gario'u platiau brecwast.

'Lyfli,' ochneidiodd Morgan yn fodlon a rhwbio'i ddwylo'n falch. ''Sdim byd gwell yn y byd na gwd sgram! Can I have brown sauce please, love?' gofynnodd yn boléit i Mrs Brian May. Dychwelodd y fenyw yn cario'r sos brown a chyn iddi feddwl am y peth, rhoddodd Erin ei llaw allan a dal y botel sos brown wrth iddi gwympo o law Mrs Brian May.

'Good catch, luv!' meddai hi'n edmygus wrth Erin. *'That's my girl,'* gwenodd Morgan.

'Pen-blwydd hapus i ti!
Pen-blwydd hapus i ti!
Pen-blwydd ha-pus i E-rin!
Pen-blwydd hapus i ti!'

'Hip, hip ...' gwaeddodd Lisa a gosod het bapur pinc llachar ar ben Erin.

'... Hwre!' Gafaelodd Morgan ynddi a rhoi clamp o gusan ar ei gwefusau. Doedd hyn ddim yn ddoniol bellach. Roedd hi'n amlwg nawr ei bod hi mewn rhyw lŵp amser dieflig. Ai cosb oedd hyn gan bŵer goruwchnaturiol am ei bod hi wedi lladd ei hun? Doedd dim syniad gan Erin bellach o beth oedd yn digwydd iddi a sut gallai rwystro'r ddamwain rhag ddigwydd eto drosodd a thro.

'Wotshwch eich hunain, cacen ar y ffordd!'

Trodd Erin a gweld Sue yn cario'r gacen pen-blwydd tuag ati. Sue! Mae'n rhaid bod yr ateb ganddi hi. Wedi'r cwbl, roedd hi'n byw yn y ddau fyd. Byddai'n rhaid iddi gael gair preifat â hi i ffeindio mas beth ddiawl oedd yn digwydd. Efallai fod Sue fel cymeriad Doc yn y ffilm *Back to the Future* ac mai ei rôl hi oedd helpu Erin allan o'r lŵp amser uffernol yma. Falle nad oedd hi wedi marw wedi'r cwbl, a'i bod hi'n styc mewn *coma* yn y byd arall. Ai dyna pam roedd hi yn y cawl yma? Falle gallai Sue'r dyfodol fynd i weld ei mam a'i pherswadio i dynnu'r plwg.

'Erin, dwyt ti ddim yn dangos lot o syndod ein bod ni wedi paratoi cacen i ti,' meddai Lisa'n chwilfrydig.

Shit! Doedd hi ddim wedi rhoi unrhyw sylw i'r blydi gacen. Byddai'n rhaid iddi barhau â'r siarâd rhag ypsetio Morgan. Chwarddodd yn ysgafn. 'Wel, roedd

Morgan wedi sôn bod syrpréis 'da fe. Mae'r gacen yn wych – diolch, cariad.'

'Hei, helpes i gyda'r eisin yna!' protestiodd Lisa.

'A ... 'nes i ei chario hi 'ma!' ychwanegodd Rhodri.

'Diolch yn fawr iawn i chi'ch tri. Mae'n gampwaith.' Chwythodd Erin y canhwyllau allan yn ddi-sut.

'O, wnest ti ddim neud dymuniad,' sylwodd Morgan ag ychydig o siom yn ei lygaid. *Shit*! Roedd hi mor anodd ceisio ymddwyn yn naturiol a hithau wedi gwneud yr un peth yn union sawl gwaith yn barod.

'Wy'n meddwl y medri di ddyfalu'r dymuniad,' gwenodd Erin ar Morgan cyn hoelio'i llygaid ar Sue, oedd yn dal i sefyll gerllaw a glasied o Babycham yn un llaw a ffag fawr yn y llall. Helpa fi, Sue! Ond wnaeth Sue ddim dangos unrhyw emosiwn ar ei hwyneb, a dechreuodd gnoi loshinen Mintoes unwaith eto. Hi a'i blydi Mintoes! A nawr, wrth gwrs, roedd hi'n amser gweld y fodrwy – eto! Gafaelodd Erin yn y gyllell a thorri yn yr union le yr oedd Morgan ar fin rhoi ei fys. 'Yymm, falle fod rhywbeth bach annisgwyl yn y gacen, felly gwna'n siŵr dy fod ti'n edrych yn ofalus cyn ei bwyta!'

A dyna lle roedd y fodrwy, wrth gwrs, unwaith eto. Gafaelodd ynddi a'i rhoi ar ei bys yn syth.

'Yffach! Ma hon yn *keen*!' piffiodd Lisa gan chwerthin.

Damo! Roedd hi wedi anghofio bod yn rhaid iddi aros i Morgan ofyn iddi ei briodi. Ond falle fod hyn yn beth da. Yn wir, roedd unrhyw beth oedd yn wahanol i rwtîn arferol y noson yn beth da, yn ei barn hi. Trodd at Morgan yn ymddiheuriol. 'O sori, mae mor bert, o'n i ishe ei gwisgo'n syth.'

'Wel, 'wy dal ishe gofyn rhywbeth i ti,' gwenodd

Morgan gan ddal ei llaw yn dyner. 'Erin, wy'n dy garu di. Hebddot ti ma bywyd yn uffern. Wnei di 'mhriodi i?'

'Gwnaf, Morgan. Gwnaf!' For ffyc's sêcs, GWNAF, gwaeddodd Erin yn ei phen. Petai'r senario ddim mor frawychus, byddai'n ddoniol.

'Hwre!' gwaeddodd Lisa a'i chofleidio. 'Croeso i'r teulu, Erin! Miwsig plis, Sue!'

Gwasgodd Sue fotymau'r jiwc-bocs a dechreuodd cân Dexy's Midnight Runners, 'Come on Eileen' chwarae fel bob un tro arall. Roedd Erin yn casáu'r blincin gân erbyn hyn. Cododd ar ei thraed yn gyflym a dweud wrth Morgan, ''Wy jyst yn mynd i'r tŷ bach, cariad; bydda i 'nôl nawr.'

Wrth iddi gerdded heibio i Sue, stopiodd Erin a dweud yn gyflym, 'Wy'n gwybod pwy wyt ti, dere i'r toiledau nawr i ni gael siarad.'

Gwelodd Sue yn gwneud *double-take* a gobeithiai i Dduw y byddai hi'n ei dilyn i'r toiledau. Agorodd y drws ac roedd yn falch o weld nad oedd neb arall yno. Ond byddai'n rhaid iddi fod yn gyflym rhag i rywun gerdded i mewn a'u clywed nhw. Edrychodd Erin ar ei hwyneb yn y drych: wyneb dieithr bron, mor welw ag ysbryd, a'i llygaid gwyrdd yn llawn dagrau. Rhedodd y dŵr oer a sblasio ychydig ar ei hwyneb. Clywodd y drws yn agor y tu ôl iddi, trod a gweld Sue. Rhuthrodd tuag ati a sibrwd yn daer, 'Gwranda, Sue, wy'n gwybod mai ti yw'r un fenyw honno wnes i gwrdd â yn y parc yn 2012. Alli di ddweud wrtho i be sy'n digwydd? 'Wy wedi ail-fyw'r noson 'ma dair gwaith o'r blaen yn barod! 'Wy ffaelu delio â hyn!'

Chwythodd Sue fwg ei sigarét allan yn hamddenol, a fflicio'r llwch i'r sinc yn gelfydd. Gwenodd Sue yn ddiog ac agorodd ei cheg lipsticog yn araf, 'Mae'n syml, Erin. Ti oedd ishe dod i'r byd yma'n llawn amser. Beth o't ti'n ddisgwyl? Na fyddai yna unrhyw ganlyniadau?' Syllodd Sue arni'n ddideimlad. Allai Erin ddim credu'r hyn glywodd hi.

Bu tawelwch am amser hir. 'Odw i wedi marw te? Neu ydw i mewn *coma*? Ife 'na pam wy'n ail-fyw'r un noson? Ydw i'n styc neu beth?'

'Wyt, rwyt ti wedi marw, Erin. Fe wnaeth y tabledi'r jobyn yn iawn, paid â phoeni. Roedd dy fam a dy dad yn torri eu calonnau yn yr angladd. Ac wrth gwrs, doedd Wil a Carys ddim yn gallu credu dy fod ti wedi gwneud y fath beth, pwr-dabs.' Edrychodd Sue ar Erin fel neidr yn edrych ar lygoden. Teimlai Erin yn hollol ddiymadferth fel tasai rhywun wedi'i bwrw hi yn ei stumog. O rywle byrlymodd digofaint a dicter, a chodi'n raddol o'i pherfedd gan ruthro'n ddireolaeth tua'i hymennydd. Tasgodd y geiriau o'i cheg, 'Gwranda, Sue, ti oedd yr un wnaeth ddangos y fainc i fi yn y lle cynta. Dy fai di yw e! Pam ffwc wnest ti 'ny?'

'Dy ddewis di oedd e, Erin. Dangos y ffordd i ti wnes i, dyna i gyd. Ti gymerodd y llwybr. Ti o'dd ishe dianc o dy fywyd bob dydd. Wel, fe gest ti dy ddymuniad.'

'O do, diolch yn fawr i ti. Ond ddim dyma o'n i ishe. O'n i jyst ishe bod 'da Morgan, am byth, yn hapus! Shwd alla i stopo'r ddamwain rhag digwydd? Beth yw pwynt i fi ail-fyw yr un noson ofnadwy drosodd a throsodd?'

'Ti o'dd ishe bod 'da dy gariad am byth. Trueni i ti ddewis boi oedd *wedi* marw ac nid un oedd yn dal yn fyw.'

Trodd Sue ar ei sawdl fel petai hi am adael. Cydiodd Erin yn ei garddwn. Y bitsh! Doedd hi ddim yn mynd i'w helpu hi o gwbl. Beth oedd hi? Y diafol neu waeth?

'Ti'n gwybod yn iawn nad ydw i ishe'i weld e'n cael ei ladd bob nos, y ffycin seico!'

Tynnodd Sue ei llaw ymaith fel petai'n taro cleren ymaith. Edrychodd ar Erin a'i llygaid glas annymunol mor oer a miniog ag iâ. 'Ma 'na ganlyniadau i bob gweithred, Erin. Joia dy barti pen-blwydd.'

'Wyt ti ddim yn mynd i ddweud wrtho fi beth i'w wneud?'

Anwybyddodd Sue hi a cherdded allan o'r toiledau. Pwysodd Erin yn erbyn y wal wedi ymlâdd. Pa fyd oedd hwn? Nid paradwys, roedd hynny'n sicr. Roedd hi mewn purdan, mae'n rhaid, ac yn cael ei chosbi oherwydd iddi ddewis marw. Roedd yn rhaid iddi geisio dianc. Naïfrwydd oedd meddwl y byddai Sue yn ei helpu, yr hen wrach ffiaidd. Cymerodd anadl ddofn; reit, roedd yn rhaid iddi feddwl yn rhesymol. Sylweddolodd ei bod hi wedi mynd ati y ffordd anghywir hyd yn hyn. Trwy geisio osgoi tynged Morgan, roedd hi'n gwneud y dynged honno'n fwy anochel. Roedd hi wedi ceisio rhwystro'r ddamwain ac wedi methu. Beth petai hi'n gwneud i'r ddamwain ddigwydd? Beth petai'n sicrhau ei bod hi'n gyrru ac yn anelu'n syth am y Land Rover yna? Petai hi'n rheoli'r ddamwain ei hun, gallai sicrhau na fyddai neb yn marw. Sythodd ei chorff yn benderfynol a sychu'r dagrau o'i llygaid. Roedd yn rhaid iddi lwyddo y tro yma a gallai Sue fynd i grafu.

'Hei, beth o't ti'n neud yn y toilet? O'n i am alw *search party* mas i chwilio amdanat ti!' holodd Morgan pan ddychwelodd i'w sedd.

Roedd Lisa a Rhodri yn dal i ddawnsio'n egnïol i 'Shaddap You Face', cân hunllefus o wael gan Joe Dolce gadwodd y clasur 'Vienna' oddi ar frig y siartiau yn 1981.

'O, ma'n stumog i'n whare lan ychydig. Achos yr holl gynnwrf, mae'n rhaid. Ti'n gwybod beth? Wy'n meddwl ei bod hi'n annheg bo' ti'n methu mwynhau diod heno. Achos 'yn stumog i, dwi ddim yn gallu yfed rhyw lawer 'ta beth, felly fe yrra i adre wedyn,' meddai Erin gan geisio bod yn ddifater am y newid yn y trefniadau rhag i Morgan sylwi bod rhywbeth o'i le.

'Ti'n siŵr? Does dim ots 'da fi gael noson eitha sych, ti'n gwybod.'

Roedd 'noson eitha sych' yn yr wythdegau cynnar yn golygu pum peint yn lle naw, sylweddolodd Erin, ac roedd Morgan wedi cael cwpwl o beints yn barod.

'Odw, yn berffaith siŵr.' Cusanodd hi Morgan a chadw un llygad ar y gnawes Sue oedd yn brysur y tu ôl i'r bar ac yn talu dim sylw i Erin, er mawr siom iddi. Fe gâi gyfle eto i roi honna yn ei lle, gobeithio.

Ddwy awr yn ddiweddarach, roedden nhw allan yn y maes parcio. Teimlai Erin ei bod hi wedi gwneud jobyn da o esgus cael noson orau ei bywyd. Ond roedd Morgan wedi sylwi bod rhywbeth o'i le.

'Ti'n siŵr gest ti noson neis?' holodd wrth iddyn nhw adael y dafarn yn go sigledig. 'Roeddet ti 'bach yn dawel.'

'Ges i noson lyfli. 'Wy jyst mor ddiolchgar ein bod ni wedi ffeindio'n gilydd, dyna i gyd.'

'Ti'n fenyw arbennig iawn,' meddai Morgan gan ei chymryd yn ei freichiau a'i chusanu'n llawn cariad nwydus.

'O God, chi'ch dau!' chwarddodd Lisa wrth iddi faglu dros ei sodlau a hithau wedi meddwi'n gaib.

Agorodd Erin ddrws y car gyda'i dwylo'n crynu. 'Jwmpwch mewn 'te,' meddai mewn llais mor ddihidans ag y gallai. Wrth lwc, roedd pawb arall yn ddigon meddw i beidio â sylwi ei bod hi ar bigau'r drain. Oedd hi ar fin gwneud y peth iawn drwy geisio gwneud i'r ddamwain ddigwydd? Ond, wedi meddwl, pam roedd hi'n poeni cymaint? Roedd hi'n styc mewn purdan ailadroddus; byddai'r ddamwain yn digwydd beth bynnag fyddai hi'n ei wneud. O leia fel hyn roedd hi'n gallu ei rheoli. Byddai'n rhybuddio'r lleill i swatio ar y llawr rhag iddyn nhw gael dolur y tro 'ma. Ie, dyna beth fyddai'n ei wneud: rhoi digon o rybudd iddyn nhw cyn y gwrthdrawiad. Doedd hi ddim wedi gwneud hynny o'r blaen.

Cyneuodd Lisa sbliff a'i basio i Morgan; tynnodd hwnnw'n ddwfn arno cyn ei basio draw at Erin. Y tro hwn, anadlodd Erin y mwg o'r sbliff yn ddwfn i'w hysgyfaint. Byddai angen anaesthetig arni i yrru mewn i'r Land Rover 'na.

'Hei, Cheech! Cadw peth i fi!' protestiodd Rhodri o'r sedd gefn gan estyn ei law allan yn farus.

'Sori!' Edrychodd Erin ar ei horiawr. Hanner nos ... A dyna lle roedd e – fel bwgan yn dod allan o'r tywyllwch – y Land Rover. Fyddai hi ddim yn teimlo'n euog pe bai'n 'lladd' y gyrrwr. Ei fai e oedd e am yrru fel idiot ac achosi'r ddamwain yn y lle cyntaf.

'Chi'ch tri!' meddai Erin, a'i llais yn galed. 'Pan wy'n dweud wrthoch chi, taflwch eich hunain ar lawr y car a dala'n sownd.'

'Beth?' atebodd Morgan yn ddi-ddeall.

'Taflwch eich hunain ar y llawr, nawr!' Gwthiodd Erin ben Morgan i lawr â'i holl nerth a'i orfodi i'r llawr. 'Dwi ddim yn jocian!' Sodrodd ei throed ar y pedal ac anelu am y Land Rover oedd yn dod yn syth tuag atyn nhw. Roedd y tipyn car yma mor araf o'i gymharu â cheir modern. Ond llwyddodd hi i gynyddu'r cyflymder hyd at chwe deg milltir yr awr.

'Be ti'n neud, Erin! Arafa, er mwyn dyn!' gwaeddodd Lisa o'r sefn gefn. Ac yna daeth yr ergyd. Ond roedd Etta James yn dal i ganu yn ei llais cyfoethog, melfedaidd, hamddenol, am ddod o hyd i'w breuddwyd o'r diwedd ac am gariad pur a chynnwrf annhebyg i ddim arall yn ei bywyd, 'And here we are in heaven ...'

Pennod 12

Mick blydi Jagger eto'n brolio bod amser ar ei ochr, o ydi mae ... Lluchiodd Erin y cloc radio ddiawl ar y llawr. For ffyc's sêcs! Doedd dim byd wedi newid! Dim! Beth oedd yn rhaid iddi ei wneud?

'Mmm ...' mwmialodd Morgan wrth ei hochr.

'Pen-blwydd hapus, 'nghariad i.'

Teimlodd Erin ei chalon yn suddo wrth glywed y geiriau yna eto. Sut allai hi ddod mas o hyn? Roedd yn amlwg mai'r car oedd ar fai, nid y gyrrwr. Cafodd syniad. 'Odyn ni'n mynd mas heno, Morgan?'

Gwenodd yntau a'i thynnu i'w freichiau. 'Falle bo' ni ... Falle fod rhywun wedi trefnu rhywbeth arbennig i ti i ddathlu dy ben-blwydd ...'

'Wel, allwn ni neud yn siŵr ein bod ni'n cael tacsi adre plis?'

'E? Pam wyt ti'n meddwl am hynny nawr, gwed?'

''Wy wedi cael yr un freuddwyd bob nos yn ddiweddar. Wel, hunllef yw hi, a dweud y gwir. Ti, fi, Lisa a Rhodri ar ein ffordd adre o 'mharti pen-blwydd i. Fi sy'n gyrru ac ry'ch chi i gyd yn marw mewn damwain car ... Y Land Rover 'ma ... Mae mor realistig, mae'n erchyll ...' Gallai Erin deimlo'r dagrau'n cronni yn ei llygaid.

'Dim ond hunllef oedd hi, paid llefen ar dy ben-blwydd.' Mwythodd Morgan ei boch yn dyner.

'Dwi ddim yn gwybod beth fydden i'n neud tasen i'n dy golli di, Morgan,' meddai gan ei wasgu'n dynn i'w mynwes.

'Yffach, mae'n rhaid bod yr hunllef 'ma wedi bod yn realistig ar y diawl.'

''Sdim syniad 'da ti!'

'Wel, 'wy ishe i ti fod yn hapus yn dy barti … wps! O'dd hwnna i fod yn syrpréis. Tacsi amdani 'te! Ond bydd yn rhaid i ni ffonio i archebu un o flaen llaw. Mae nos Wener wastad yn brysur.'

'Fe wna i hynny, dim problem.' Ymlaciodd yn ei freichiau, gan obeithio byddai'r tacsi yn ddigon i chwalu'r felltith.

Dilynodd y parti y patrwm syrffedus arferol: y gacen siocled, y sgrifen eisin porffor, 'Come on Eileen' ar y blincin jiwc-bocs a Sue fel rhyw gorryn blêr yn ei gwe yn eu gwylio nhw o'r bar. Roedd cyhyrau ei cheg hi'n brifo oherwydd ei bod wedi ffugio gwenu trwy'r nos. Roedd y fodrwy ddyweddïo ar ei bys unwaith yn rhagor; gweddïai Erin y byddai'n dal i fod yno bore yfory. Fe archebodd y tacsi ar gyfer 12.15am gan roi digon o amser iddyn nhw osgoi'r Land Rover felltith. Edrychodd Erin ar ei horiawr, 12.10am. Cydiodd ym mraich Morgan, 'Morgan, dere, mae'r tacsi'n mynd i fod 'ma whap. Dwi ddim ishe colli fe.'

Bu Morgan yn yfed drwy'r nos ac roedd yn go sigledig ar ei draed bellach. 'Ocê, f'anwylyd, "your wish is my command"!'

'Lis, Rhodri, dewch mlân, mae'r tacsi'n disgwyl!' Llwyddodd Erin i dywys y defaid colledig allan o'r dafarn fel ci defaid penderfynol. O'r diwedd, roedden nhw allan yn y maes parcio yn anadlu aer y nos. Teimlai Erin ei bod hi wedi gwneud jobyn da o esgus cael noson orau ei bywyd, eto. Ond roedd Morgan wedi sylwi bod rhywbeth o'i le.

'Ti'n siŵr gest ti noson neis?' holodd. 'Roeddet ti 'bach yn dawel.'

'Ges i noson lyfli. 'Wy jyst mor ddiolchgar ein bod ni wedi ffeindio ein gilydd, dyna i gyd ...'

'Ti'n fenyw arbennig iawn,' meddai Morgan gan ei chodi yn ei freichiau a'i chusanu'n frwd.

'O, God, chi'ch dau!' chwarddodd Lisa.

'*Love's young dream*!' cytunodd Rhodri a dechrau canu cân Louis Armstrong, 'When I fall in loooove ...' ar dop ei lais.

'Oy! Why don't you shut your mouth?' sgyrnygodd rhyw foi a safai gyda grŵp o *skinheads* oedd yn ysmygu gerllaw. Doedd Erin ddim wedi yfed braidd dim alcohol y noson honno, felly roedd hi'n ddigon effro i sylweddoli na ddylid chwarae gêmau gyda'r criw yma. Roedden nhw'n amlwg yn dwats oedd yn chwilio am drwbwl.

'Hisht, Rhodri! Cadwa dy lais lawr,' sibrydodd yn uchel.

'*Bollocks*!' dywedodd Rhodri. 'Ma hawl 'da dyn i ganu. *When I fall in loooove ... It will be forevah ...*'

Ymunodd Lisa, 'Ooo-oo-oo!'

'Tell your slag girlfriend to shut it too,' sgyrnygodd y boi a cherddodd yn fygythiol tuag atyn nhw. O ffyc! Lle roedd y bastard tacsi yna? Petai ffonau symudol ar gael, gallai Erin eu ffonio nhw i weld ble ddiawl oedd y car.

'Listen, mate, we don't want any trouble,' meddai Erin yn gymodlon gan gamu o flaen Rhodri a Lisa, oedd yn chwerthin yn braf ac yn hollol anymwybodol fod y boi yn despret am ffeit.

'Fuck off bitch,' arthiodd y boi a gwthio Erin mor galed nes ei bod hi ar lawr fel chwilen â'i phen i waered.

'Oy! Leave her alone!' gwaeddodd Morgan gan godi ei ddyrnau. Llwyddodd i roi clowten eitha caled i'r boi.

'You fucker!' sgrechiodd y boi gan boeri a sychu'r gwaed o'i ên. A chyn iddi fedru godi i'w thraed, roedd y *skinhead* wedi rhoi yffach o ergyd i Morgan ar ei wyneb nes iddo syrthio fel sach o dato ar y palmant.

'Morgan!' gwaeddodd Lisa a rhuthrodd Erin tuag ato. Gorweddai Morgan yn ddiymadferth, ei lygaid yn syllu tua'r awyr fel plentyn ymbilgar.

'You fuckin' psycho!' gwaeddodd Erin ar y boi. 'You've knocked him out! I'm going to call the police now!'

'Dyw e ddim yn anadlu!' udodd Lisa. Rhoddodd ei llaw ar ben ei brawd a sgrechiodd pan welodd y gwaed. 'You've killed him, you've killed him!'

Trodd wyneb y *skinhead* yn welw wrth iddo sylweddoli beth roedd e wedi'i wneud. Heb ddweud gair, trodd e a'i ffrindiau fel un a rhedeg allan o'r maes parcio fel pac o anifeiliaid rheibus. Gwyliodd Erin y bywyd yn llifo allan o gorff Morgan ac ar hyd y palmant budr. Roedd hi wedi methu unwaith eto.

Pennod 13

'Beth am frecwast bach yn yr Embassy?' holodd Morgan wrth iddo dynnu ei grys T Joy Division a'i jîns amdano. Teimlai Erin y byddai'n cyfogi pe byddai'n gorfod bwyta plât arall o saim yn yr Embassy. Ond wrth edrych ar Morgan, cafodd syniad. Efallai, pe gallai hi ei ddarbwyllo fe eu bod nhw'n ail-fyw yr un diwrnod drosodd a throsodd, efallai y gallen nhw newid pethau. Y tro diwethaf ceisiodd ddweud y gwir wrtho fe ar ôl y gig Slade ond doedd pethau ddim wedi mynd yn rhy dda. Y tro yma, byddai'n sobor a byddai tystiolaeth ganddi hi i'w argyhoeddi fe hefyd. Doedd ceisio'i rhwystro fe rhag cael ei ladd heb iddo fod yn ymwybodol o'r perygl ddim yn gweithio, roedd hynny'n amlwg. 'Ie, pam lai?' atebodd Erin yn wan.

'What do you want?' holodd Stan.

'I'll have the large Welsh breakfast, please, with fried bread, extra sausage and a mug of tea,' meddai Morgan.

'Bacon sandwich with tea, please,' ychwanegodd Erin. Aeth y ddau i eistedd wrth eu bwrdd arferol. Cymerodd Erin anadl ddofn ac edrych i fyw llygaid Morgan. 'Gwranda, Morgan, ma rhywbeth eitha rhyfedd 'da fi i weud wrthot ti.'

'Rhyfedd?' cododd Morgan ei aeliau'n chwilfrydig.

'Ie, a plis gad i fi weud y cwbl cyn bo' ti'n ymateb. Wy'n gwybod bod hwn yn swno'n wallgo, ond 'wy wedi byw'r diwrnod yma bedair gwaith nawr yn barod. Mae fel 'se fi'n styc mewn lŵp amser neu rywbeth. 'Wy'n gwybod am bopeth sy'n mynd i ddigwydd i ni heddi. 'Wy'n gwybod am y parti rwyt ti wedi'i drefnu heno, y gacen siocled gyda'r trimins piws; y fodrwy ddyweddïo emrallt a diemwnt ar ôl dy fam-gu ... Popeth!'

Syllodd Morgan yn syn arni. 'Shwd wyt ti'n gwybod hyn i gyd, Erin? Ydy Lisa wedi bod yn siarad â ti?'

'Na, wy'n gwybod achos 'mod i eisoes wedi byw'r noson o'r blaen, sawl gwaith o'r blaen. Mae'n dechrau'r un fath bob bore gyda'r cloc radio yn canu'r gân Rolling Stones stiwpid yna fod digonedd o amser gyda nhw, yna ti a fi'n dod i'r caffi yma. Mewn eiliad bydd yr hen ddyn draw fan yna yn gofyn i ti am dân. A wedyn bydd e'n ein rhybuddio ni am y pwdin gwaed.'

Trodd Morgan fel petai wedi'i hypnoteiddio ac edrych ar yr hen ŵr.

'Esgusodwch fi, oes tân 'da chi, plis?' holodd hwnnw.

Syllodd Morgan yn fud arno am eiliad. 'O ... oes, dyma chi,' a phasiodd y taniwr iddo'n grynedig.

'Diolch ffrind. Bydden i'n osgoi'r pwdin gwaed; ma fe'n eitha di-flas heddi.' Pwyntiodd yr hen ŵr at ei blât, oedd yn wag ac eithrio'r lwmpyn o bwdin gwaed yr oedd wedi'i wthio at yr ymyl.

'Erin, sut wyt ti'n neud hyn?'

'Mind your backs,' cyhoeddodd Mrs Brian May wrth iddi gario'u platiau brecwast.

Trodd Erin at Mrs Brian May. 'Can I have brown sauce please, love?'

Edrychodd Erin ar Morgan drachefn. 'Wy'n gwybod y bydd hon yn gadael y botel sos gwympo nawr ... Gwylia.'

Dychwelodd y fenyw yn cario'r sos brown, llithrodd ar y saim a daliodd Erin ei llaw allan a dal y botel sos brown wrth iddi gwympo o law Mrs Brian May.

'Good catch, luv!' meddai Erin yn union yr un pryd â Mrs Brian May. Syllodd Morgan yn gegagored arni a chrychodd Mrs Brian May ei thalcen mewn penbleth cyn dychwelyd at ei chownter.

'Ti'n gweld? Wy'n gwybod popeth sy'n mynd i ddigwydd heddi. A'r peth mwya brawychus yw dy fod ti'n cael dy ladd ar ddiwedd y noson, mewn damwain car. Er, yn fersiwn neithiwr, fe wnaeth y *skinhead* 'ma dy fwrw di mewn ffeit tu fas i'r Eagle a wedyn fuest ti farw. 'Wy wedi trio stopio hyn rhag digwydd ond does dim byd yn gweithio. Mae'n rhaid i ti 'nghredu i, Morgan, rhaid i ti!' Cydiodd yn ei law ac edrych i'w lygaid yn daer. Y peth mwyaf brawychus, wrth gwrs, oedd nad oedd Morgan yn gwybod ei hanner hi: y ffaith ei bod hi wedi dod o'r dyfodol a'i bod wedi lladd ei hun er mwyn bod gyda fe yn y byd arall yma yn 1982. Ond byddai hynny'n ormod o *head fuck* i'w rannu gydag e a dweud y lleia.

Cymerodd Morgan anadl fawr a chydio yn ei llaw, 'Wy'n dy gredu di. Mae yna bethe nag y'n ni'n eu deall yn y byd yma; wel, does neb yn deall sut ddaethon ni i fodoli yn y lle cynta. Ac os wyt ti'n dweud bod hyn yn digwydd; wy'n dy gredu di.'

Teimlodd Erin y fath ryddhad nes bod dagrau'n llifo mewn diolchgarwch. Roedd hi wedi bod yn gymaint o straen delio â hyn ar ei phen ei hunan, roedd medru rhannu hanner y stori yn rhywbeth o leia. Cododd Morgan o'r bwrdd a gwisgo'i got amdano.

'Gwranda, fe gewn ni'r parti yn y tŷ heno. Gall Rhodri a Lisa ddod draw hefyd. A wedyn fydd dim damwain. Dylai hwnna fod yn ddigon i roi cic i'r "lŵp amser" 'ma.'

'... Pen-blwydd ha-pus i E-rin!
Pen-blwydd hapus i ti!'

'Hip, hip ...' gwaeddodd Lisa a gosod het bapur pinc llachar ar ben Erin.

'... Hwre!' Gafaelodd Morgan ynddi a rhoi clamp o gusan ar ei gwefusau. Am y tro cyntaf, wel, am y tro cyntaf ers iddi fyw'r noson hon, teimlai Erin yn fwy gobeithiol. Doedd y witsh Sue yna ddim yn agos a, diolch byth, doedden nhw ddim yn mynd i orfod gyrru adref.

'Pam o't ti ishe cael parti adre 'te, Erin?' holodd Lisa'n chwilfrydig. 'Ti'n gwybod fod Morgan wedi trefnu noson fawr i ni yn yr Eagle.'

'Mae'n fwy o hwyl cael amser gyda'n gilydd fan hyn, jyst ni'n pedwar,' meddai Erin, mor ffwrdd â hi ag y medrai. 'Gallwn ni smoco sbliffs a safio arian.' Dechreuodd rolio sbliff rhag gorfod edrych i lygaid Lisa. Doedd hi ddim yn hoffi cuddio pethau oddi wrthi; roedd hi wedi tyfu'n agos iawn ati'n ddiweddar. Yn wir, daethai fel chwaer iddi.

'Wy'n gwybod beth yw'r gwir reswm,' gwenodd Rhodri.

Syllodd Morgan ac Erin arno'n syn. Beth? Oedd Rhodri'n gwybod y gwir?

'Wel, ti'n naw ar hugain nawr ac yn hen. 'Sdim rhyfedd bo' ti ishe aros adre yn dy sliperi!'

Chwarddodd Lisa a Rhodri'n iach a gwenodd

Morgan ac Erin. Wrth gwrs, doedd e ddim yn gwybod y gwir. Dyna braf oedd byd Lisa a Rhodri; roedden nhw yn y swigen amser yma gyda hi a Morgan, ond doedd ganddyn nhw ddim syniad am yr hunllefau roedd hi wedi'u hwynebu'n feunyddiol.

'Mae'n mynd i fod yn noson arbennig, ble bynnag ydyn ni,' cadarnhaodd Morgan gan wincio ar Rhodri. Cododd Rhodri ar ei draed a cherddded i'r gegin.

'Mae gen i syrpréis i ti,' sibrydodd Morgan yng nghlust Erin wrth i Lisa osod record newydd Joan Jett a'r Blackhearts ar y chwaraewr recordiau, 'I Love Rock 'n' Roll'.

'Yymm, ife'r gacen yw e?' holodd Erin gyda hanner gwên.

Druan o Morgan, roedd hi'n anodd iddo fe gyfarwyddo â'r busnes 'lŵp amser' yma. 'Aros ac fe gei di weld,' winciodd arni.

Cerddodd Rhodri tuag atyn nhw yn cario'r gacen ben-blwydd dragwyddol. Ond, er syndod iddi, sylwodd Erin mai cacen foron oedd hi'r tro hwn, ag eisin oren yn sillafu 'Pen-blwydd hapus Erin!' arni'n go sigledig.

'Roeddwn i wedi meddwl neud cacen siocled oedd yn llawer mwy *stylish* i ti 'da sgrifen eisin porffor, dy hoff liw,' meddai Lisa. 'Ond newidodd fy annwyl frawd fan hyn ei feddwl ar y funud ola!'

''Wy wedi cael digon o gacennau siocled, ma hon yn berffaith,' gwenodd Erin, gan olygu pob gair. 'Ond diolch i ti, Lisa, am fynd i drafferth hefyd.'

'A fi wnaeth hon fy hunan!' meddai Morgan, yn falch iawn ohono'i hun.

Chwythodd Erin y canhwyllau ag un anadl fawr. Roedd y gacen yn wahanol, roedd y noson yn wahanol, sut allai unrhyw beth fynd o'i le nawr?

'Torra'r gacen fan hyn,' gorchmynnodd Morgan gan roi ei fys ar y gacen. Roedd yntau'n gwybod erbyn hyn ei bod hi'n ymwybodol o'r fodrwy ddyweddïo wrth gwrs. Ond fe ufuddhaodd Erin rhag ei siomi; roedd yn rhaid iddi gofio mai dyma'r tro cyntaf i'r noson hon ddigwydd yn llygaid Morgan, Lisa a Rhodri. Torrodd y gacen yn ofalus a disgynnodd modrwy gwbl wahanol allan ohoni y tro yma.

'Wps, mae eisin arni,' meddai Morgan gan sychu'r fodrwy'n gyflym. Roedd hon yn fodrwy fwy modern – saffir â siâp blodyn yn y canol a diemwntiau bychain o'i amgylch. 'Be ti'n feddwl?' holodd Morgan.

'O, mae'n berffaith!' ebychodd Erin. Diolch i Dduw! Roedd Morgan wedi newid y fodrwy hefyd! A bod yn onest, roedd hi wedi dechrau casáu hen fodrwy ei fam-gu; er ei phrydferthwch, roedd hi'n rhyw fath o swyndlws dieflig erbyn hyn.

'Erin, wy'n dy garu di. Hebddot ti ma bywyd yn uffern. Wnei di 'mhriodi i?' Doedd clywed Morgan yn gofyn iddi ei briodi e byth yn ei syrffedu.

'Gwnaf, Morgan. Gwnaf!' Rhoddodd Morgan y fodrwy ar ei bys yn ofalus ac roedd hi'n ffitio mor berffaith â'r hen fodrwy.

'Hwre!' gwaeddodd Lisa a'i chofleidio. 'Croeso i'r teulu, Erin!'

'Diolch, Lis,' gwenodd Erin. 'Nawr beth am i ni drio ychydig o'r gacen yma?'

'Dilynes i rysáit Delia Smith.' Poerodd Morgan friwsion o'i geg ar ôl cegaid go helaeth o'r gacen foron.

'Delia, jiw jiw!' chwarddodd Rhodri. 'Mae'r boi yn troi'n fenyw!'

'Secsist!' wfftiodd Lisa, a'i bwno yn ei asennau.

Dechreuodd Morgan chwerthin ond yna aeth

rhywbeth o'i le ac yn sydyn roedd e'n tagu ar y gacen.

'Ha! Roiest ti halen i mewn yn lle siwgr?' chwarddodd Rhodri gan feddwl ei fod yn ffugio tagu.

Ond doedd Morgan ddim yn gwenu ac roedd yn dal i dagu o'u blaenau. Cododd Erin ar ei thraed.

'Morgan! Ti'n iawn?' Roedd ei wyneb yn troi'n biws gyda'r straen.

'Lis! Rhod! Gwnewch rywbeth!' gwaeddodd Erin.

Rhuthrodd y ddau at Morgan a rhwbiodd Lisa ei gefn fel dynes wyllt.

'Poera fe mas, Mor, poera fe, c'mon!' gwaeddodd Rhodri.

Ond roedd Morgan yn dal i dagu o flaen eu llygaid. Ymbalfalai am anadl ac roedd lliw ei groen yn newid bob eiliad. Yna, cofiodd Erin am yr Heimlich Manoeuvre. Ond sut ddiawl oeddech chi'n ei neud e? Yr unig un oedd hi wedi'i weld yn ei ddefnyddio oedd Robin Williams wrth iddi bortreadu Mrs Doutbfire flynyddoedd yn ôl a hynny ar gymeriad Pierce Brosnan. Gwthiodd Rhodri a Lisa allan o'r ffordd, rhoddodd ei breichiau o dan geseiliau Morgan a gwthio mor galed ag y gallai. Ond doedd dim byd yn digwydd. Erbyn hyn roedd llygaid Morgan yn rholio yn ei ben. Falle nad oedd hi'n ddigon cryf.

'Rhodri! Rho dy freichiau fan hyn a gwthia mor galed ag y medri di … Lis, ffonia am ambiwlans!' Ond doedd dim byd yn gweithio ac erbyn i'r Ambiwlans gyrraedd, roedd Morgan wedi mynd.

Pennod 14

'What do you want?' holodd Stan.

'I'll have the large Welsh breakfast, please, with fried bread, extra sausage and a mug of tea,' meddai Lisa.

'Scrambled eggs on toast with tea, please,' ychwanegodd Erin mewn breuddwyd.

Aeth y ddwy i eistedd wrth eu bwrdd arferol yng Nghaffi'r Embassy. Roedd Erin wedi blino'n garn ac yn stiff fel pren. Roedd y noson flaenorol wedi bod yn waeth hyd yn oed na'r ddamwain car. Gwylio Morgan yn tagu i farwolaeth o'u blaenau, ac wrth fwyta ei chacen ben-blwydd hefyd! Roedd y Diafol, neu ffawd, neu Sue, neu pa bŵer erchyll bynnag oedd yn chwarae'r gêm 'ma gyda hi a Morgan, yn hen fastard *twisted* a dweud y lleiaf.

Doedd Erin ddim yn gwybod beth i'w wneud mwyach; doedd newid lleoliad y parti a chael gwared o'r car ddim wedi newid yr un iot ar dynged Morgan. A doedd dweud y gwir wrtho ddim wedi helpu chwaith. Dyna pam roedd hi wedi penderfynu gofyn i Lisa ddod i'r caffi i'w chyfarfod y bore hwnnw. Roedd Lisa, fel Sue, yn dal i fodoli yn 2012. Efallai fod ganddi hithau'r ateb fyddai'n atal hyn i gyd rhag ddigwydd. Roedd yn rhaid i Erin ymddiried yn rhywun, a'r tro hwn roedd hi'n mynd i rannu popeth gyda hi – yr hunanladdiad yn 2012, y teithio 'nôl mewn amser, y ddamwain, y fainc – pob dim.

'Diolch am ddod i 'nghyfarfod i, Lis.'

Gwenodd Lisa a chynnau sigarét, 'Dyw treulio 'bach o amser 'da ti a chael brecwast mawr hefyd ddim yn straen.'

Taniodd Erin ei sigarét hithau'n grynedig. 'O'n i ishe siarad am rywbeth 'da ti. Ond ti'n mynd i feddwl 'mod i off 'y mhen. 'Wy jyst yn gofyn i ti wrando, plis, ac os galli di, 'wy ishe i ti 'nghredu i achos does dim rheswm 'da fi i ddweud celwydd wrthot ti.'

Cymerodd anadl ddofn a dechreuodd adrodd ei stori. Daeth y cyfan allan yn un llifeiriant a chafodd Lisa mo'r cyfle i ddweud dim byd – dim ond gwrando.

'Wy'n dod o'r flwyddyn 2012. Fe wnes i glywed am dy frawd gyntaf pan weles i fainc deyrnged iddo fe ym Mharc yr Amgueddfa yn y dre. Buodd e farw mewn damwain car ar y pedwerydd o Ebrill 1982, sef heno. 'Wy wedi bod yn ail-fyw'r noson ac yn ei weld e'n marw bob nos ers i fi ddod yma. Fe syrthies i mewn cariad â Morgan pan ddechreues i freuddwydio amdano fe. Sa i erioed wedi cael shwd freuddwydion mor real. Mae'r fenyw 'na yn yr Eagle, ti'mbo, tu ôl i'r bar, Sue, yn gwybod am hyn i gyd hefyd. Hi ddangosodd y fainc i fi yn 2012. Nawr ma hi'n dweud 'mod i mewn purdan achos 'nes i ladd fy hunan i fod 'da dy frawd am byth. Ma hi'n dweud na alla i stopio Morgan rhag cael ei ladd. Ond mae'n rhaid 'mod i'n gallu neud rhywbeth ...'

Stopiodd Erin o'r diwedd, daeth y stori i ben. Edrychodd ar Lisa. Oedd hi'n ei chredu hi? Roedd Lisa yn syllu arni'n syn, y sigarét yn ei llaw wedi'i hen anghofio ac yn golofn hir o lwch.

'Ife *wind-up* yw hwn, Erin? Wyt ti a Morgan wedi bod yn gwylio gormod o'r *Twilight Zone* neu rywbeth?'

'Wy'n dweud y gwir, gwylia'r hen ddyn draw ar y ford fan 'na nawr.'

'Esgusodwch fi ...' Estynnodd Erin y taniwr i'r hen ddyn heb ddweud gair.

'Dyw e ddim yn lico'r pwdin gwaed,' meddai hi wrth Lisa mewn llais mater o ffaith.

Clywodd yr hen foi ei geiriau a gan bwyntio at y gweddillion ar ei blat, meddai, 'Dyw e ddim yn sbesial iawn heddi.'

''Wy wedi byw'r diwrnod yma sawl gwaith o'r blaen, Lis. Wy'n gwybod dy fod ti wedi paratoi cacen siocled a sgrifen eisin porffor arni i fi. Wy'n gwybod bydd Morgan yn rhoi modrwy ei fam-gu yn y gacen i fi ei ffeindio hi ... Mae fel hunllef!'

'Ffycin hel!' ebychodd Lisa. 'Sai'n gwybod beth i feddwl. Ti'n gweud y gwir wrtho i, Erin, ar dy lw?'

'Ar fy llw, wy'n addo. Watsha hyn!' Aeth Erin ymlaen. 'Can I have some brown sauce please, love? Mewn munud bydd hi'n llithro ar y saim ar y llawr ac yn gadael i'r botel sos gwympo ...'

Ac fel roedd hi wedi'i wneud droeon o'r blaen, daliodd Erin y botel o law Mrs Brian May. 'Good catch, luv!' canodd Erin fel parot yr un pryd â Mrs Brian May. 'Ma hyn yn *freaky*, Erin ...'

'Y peth mwya *freaky* yw 'mod i wedi mynd i gwrdd â ti yn 2012. Rwyt ti'n ddarlithwraig Seicoleg yn y Brifysgol ac rwyt ti'n dal 'da Rhodri. Ti a Rhod drefnodd fainc goffa Morgan.'

Daeth cwmwl dros wyneb Lisa a gwthiodd ei phlât bwyd o'r neilltu. 'Wy'n meddwl y dylen ni fynd i weld y Sue yna, hi yw'r un sydd â'r atebion.'

''Wy wedi trio, Lisa, ond mae'n gwrthod helpu. Mae'n dweud 'mod i wedi neud 'y newis i fod 'da Morgan ac fel hyn fydd pethe. Bod e i fod i farw. Alla i ddim neud dim byd i'w stopio fe.'

'Wyt ti wedi dweud wrth Morgan?'

''Wy wedi sôn am fod yn styc yn yr un diwrnod, ond roedd e'n dal i farw. Ac erbyn y bore wedyn roedd popeth 'nôl fel roedd e a dim byd wedi newid. Ond pan dries i ddweud wrtho fe am y teithio trwy amser, aeth e'n grac 'da fi ac o'dd e ishe gorffen pethe.'

'Gwranda, fe ewn ni i weld y Sue yna i gael atebion. 'Wy jyst yn gorfod ffono Rhodri 'na gyd i ddweud wrtho fe y bydda i adre 'bach yn hwyrach prynhawn 'ma.' Cydiodd Lisa yn ei llaw. 'Wy'n falch dy fod ti wedi dweud wrtho i, Erin. 'Wy ishe dy helpu di.'

Diolch byth fod Lisa yn ei chredu hi. 'Diolch, Lis. O'n i'n gwybod y gallen i ddibynnu arnat ti.' Gwyliodd Erin Lisa wrth iddi ffonio Rhodri o'r ffôn yn y caffi. Falle y byddai Sue yn ei helpu os oedd Lisa yno i roi pwysau arni.

Eisteddodd Erin yn sedd y teithiwr yng nghar Mini Lisa. Roedd hi'n teimlo'n ysgafnach ei baich o lawer nawr ei bod hi wedi dweud ei holl stori wrthi. Roedd Lisa'n ferch arbennig; roedd hi mor lwcus i'w chael hi'n gefn iddi yn yr hunllef yma. Dylai fod wedi ymddiried ynddi'n gynt; gallai fod wedi osgoi cymaint o boen meddwl.

'Gwranda, ma Rhodri ishe dod gyda ni. Wnewn ni ei bigo fe lan ar y ffordd,' meddai Lisa wrth danio'r injan. Gyrrodd fel cath i gythraul draw i'w fflat hi a Rhodri yn Mackintosh Place yn y Rhath. Canodd Lisa'r corn yn siarp a rhedodd Rhodri allan o'r fflat a'i wynt yn ei ddwrn. Unwaith roedd e yn y sedd gefn, gyrrodd Lisa i ffwrdd yn gyflym.

'Ti'n iawn Erin?' holodd Rhodri â chonsýrn yn ei lygaid.

'Mi fydda i,' atebodd Erin. 'Diolch i chi'ch dau am fy helpu i.'

'Ry'n ni ishe dy helpu di, Erin ... Ti'n gwybod 'ny,' meddai Lisa gan danio sigarét. Ond sylwodd Erin nad oedden nhw'n gyrru tuag at yr Eagle wrth i Lisa gyrraedd cylchfan Gabalfa.

'Lis? Ble ni'n mynd? Nid ffordd hyn ma'r Eagle ...'

'Shortcut!' cyhoeddodd Lisa'n ffwrdd â hi. Ond wrth iddyn nhw yrru ymhellach o'r dref a thuag at yr Eglwys Newydd, gwyddai Erin nad oedden nhw'n mynd i'r Eagle o gwbl.

'Lisa, ti ddim yn mynd i'r Eagle, wyt ti? Gwed ble ry'n ni'n mynd ...'

'Erin, ti ddim yn iach. Ti'n dost, yn dost iawn. Wy'n fyfyrwraig Seicoleg ac wy'n nabod yr arwyddion. Ma ishe help arnat ti, help seiciatrig.'

'Na! Dwi ddim yn nyts! Dwi ddim! Shwd o'n i'n gwybod am y gacen ben-blwydd, yr hen foi a'r taniwr yn y caffi, y botel sos? Ateb fi, Lis!'

'Ma pobol sy'n dioddef o sgitsoffrenia yn gweld arwyddocâd mawr mewn cyd-ddigwyddiadau sy'n digwydd mewn bywyd bob dydd. Mae'n un o arwyddion mwya cyffredin y cyflwr,' atebodd Lisa wrth iddyn nhw yrru i mewn i faes parcio Ysbyty'r Meddwl yn yr Eglwys Newydd.

'Beth? Y'ch chi'n mynd â fi i'r lŵni bin?'

'Ma doctor fan hyn sy'n fodlon dy weld di heddi, Erin. Mae e ishe dy helpu di. Mae'n bwysig dy fod ti'n cael help cyn i ti neud niwed i ti dy hunan neu i rywun arall.' Cydiodd Lisa yn ei llaw hi a gwelodd Erin y dagrau'n ei llygaid. 'Dyma'r peth gorau i ti, Erin. Ma ishe help arnat ti.'

'Ond beth am Morgan?'

'Fe wna i ddweud wrtho fe yn nes mlaen ac fe geith e ddod i dy weld di wedyn.'

Roedd Erin wedi bod yn naïf ac yn ffôl i feddwl y byddai Lisa'n credu ei stori. Ond pwy fyddai'n ei chredu go iawn? Roedd hi'n stori hollol bisâr: teithio trwy amser, marw yn 2012 ac atgyfodi yn 1982. Ond doedd hi ddim am aros yn y lŵni bin yma chwaith. Nodiodd ei phen yn wylaidd wrth Lisa.

'Ocê, falle bo' chi'n iawn. Falle 'mod i yn dost.'

Gwenodd Lisa'n gydymdeimladol ac agor y drws. Bachodd Erin ar ei chyfle a chyn i Rhodri gael amser i ddringo allan o ofod cyfyng seddau cefn y Mini, gwthiodd Erin Lisa â'i holl nerth nes iddi syrthio ar y llawr.

'Mae'n ddrwg 'da fi, Lis, ond dwyt ti jyst ddim yn deall.' Ac yna roedd hi'n rhedeg allan o'r maes parcio. Edrychodd y tu ôl iddi a gwelodd Lisa'n dechrau gyrru ar ei hôl hi. *Shit*! Bydden nhw'n siŵr o'i dala hi ac yna byddai'n cael ei chloi lan yn y lŵni bin. Beth os mai dyna oedd cynllun Sue o'r dechrau? A fyddai hi yno am byth, wedi'i chloi i mewn gyda'r gwallgofion a'r trueiniaid eraill? A fyddai hi byth yn gweld Morgan eto chwaith. Roedd yn rhaid iddi ffeindio rhywle i guddio. Edrychodd o'i chwmpas yn wyllt, ac yn y pellter gwelodd goedwig – falle y gallai guddio yno? Fyddai Lisa ddim yn gallu gyrru i mewn i'r goedwig. Gallai aros yno nes ei bod hi'n nosi ac yna byddai'r diwrnod yn ailddechrau eto. Cymaint oedd ei ffocws ar y coed, welodd hi mo'r ambiwlans oedd yn gyrru'n syth tuag ati nes ei bod hi'n rhy hwyr.

Gorweddai ar y llawr â phoen arteithiol yn ei choesau.

'Beth ddiawl oeddet ti'n feddwl o't ti'n neud?' Roedd y dyn ambiwlans yn plygu uwch ei phen ac yn teimlo'i phwls.

'O'n i'n ceisio'i chael hi i weld meddyg, ond fe redodd hi i ffwrdd.' Clywodd lais Lisa fel petai'n dod o bellter mawr uwch ei phen. 'Ma problemau meddyliol difrifiol ganddi.'

'Na. Na … Wy'n iawn …' Ceisiodd Erin godi ar ei thraed ond gwingodd gyda'r boen. Gosododd y dyn ambiwlans ei ddwylo cryfion ar ei hysgwyddau. 'Peidiwch â symud. Rydych chi'n dioddef o sioc, mae'ch coesau chi wedi torri. Mae'n wyrth nad yw e'n waeth. Gallech chi fod wedi cael eich lladd. Fe rown i rywbeth i chi leddfu'r boen ac fe ewn ni â chi i'r ysbyty nawr.'

Ceisiodd Erin godi eto ond roedd y dyn ambiwlans ddiawl wedi rhoi rhyw gyffur neu rywbeth iddi.

'Morgan …'

'Fe wna i ei ffonio fe nawr, Erin, unwaith byddi di'n saff yn yr ysbyty …'

Aeth popeth yn ddu.

Pennod 15

'What do you want?' holodd Stan.

'I'll have the large Welsh breakfast, please, with fried bread, extra sausage and a mug of tea,' meddai Morgan.

'Mushrooms on toast with tea, please,' ychwanegodd Erin yn ddiobaith.

Aeth y ddau i eistedd wrth eu bwrdd arferol yng nghaffi'r Embassy. Doedd hi ddim yn cofio fawr ddim byd ar ôl cael ei tharo gan yr ambiwlans. Roedd hi'n cymryd ei bod hi wedi byw drwy'r cyfan neu fyddai hi ddim yn sefyll yma heddiw. Doedd hi ddim yn gallu ymddiried yn Lisa, roedd hynny'n amlwg. Doedd hi ddim gallu beio Lisa chwaith. Fyddai hithau ddim yn credu rhyw ferch yr oedd hi wedi'i hadnabod ers cwpwl o fisoedd yn unig yn ei mwydro hi â'r fath straeon anghredadwy. Yr unig beth y gallai ei wneud oedd gwrthod cael y parti'n gyfan gwbl. Dim pen-blwydd, dim parti, dim marwolaeth. A phe na byddai hynny'n gweithio? Wel, wyddai hi ddim rhagor.

'Madarch ar dost? Wyt ti ar ddeiet, Erin?' holodd Morgan. "Sdim ishe i ti, ti'n gwybod, ti'n berffaith fel rwyt ti!' Gwenodd arni, mor annwyl ag erioed.

Gwenodd hithau'n wanllyd 'nôl arno. 'Diolch i ti. Na, 'wy wedi cael digon o gig seimllyd ac ishe newid.' Oedd, roedd hi eisiau ffycin newid. Eisiau newid o'r un hen beth yn digwydd dro ar ôl tro. Roedd Erin yn benderfynol nawr na fyddai'n cael y blydi parti 'ma. Falle mai dyna'r ateb. Y parti ei hun oedd y bai, yn *trigger* i'r ddamwain. Nid y lleoliad, nid y car, nid y goryfed. Ond y parti ei hun! Dim parti, dim marwolaeth! Pam nad oedd hi wedi meddwl am hyn ynghynt?

'Wy'n gwybod bo ti ishe i ni fynd mas heno, ond wy'n teimlo'n uffernol. Ma poen rili cas 'da fi yn fy stumog ers i fi ddeffro bore 'ma. Wy'n teimlo'n sâl fel ci.'

'Egusodwch fi ...' O, ffyc's sêcs, yr hen foi 'na ishe taniwr eto.

''Co chi,' atebodd Erin e cyn iddo ofyn, a tharo'r taniwr yn ddiseremoni ar y bwrdd. A chyn iddo cael cyfle i ddweud dim byd arall, ychwanegodd hi, 'Ie, mae'r pwdin gwaed yn afiach, ry'n ni'n gwybod, diolch.' Rhythodd yr hen ddyn arni mewn penbleth a chynnig y taniwr 'nôl iddi yn fud.

'Cadwch e,' meddai Erin yn swrth. Trodd at Morgan, oedd yn edrych arni'n chwilfrydig. 'Oes ots 'da ti tasen ni'n cael y parti ryw noson arall? Dwi ddim yn meddwl y galla i ei wynebu fe.'

'Mind your backs,' cyhoeddodd Mrs Brian May wrth iddi gario'u platiau brecwast.

'Thanks. Can I have brown sauce please, love?' holodd Morgan. Yna trodd at Erin. 'Dwyt ti ddim yn edrych yn dda o gwbl. Rwyt ti'n wyn fel y galchen. Wrth gwrs, fe gawn ni'r parti ar noson arall. Ffonia i Lis a Rhodri wedyn i aildrefnu.'

'Ma'n ddrwg 'da fi,' atebodd Erin, a'r rhyddhad yn ffrydio drwy'i gwythiennau. Diolch byth. Dylai hyn ddangos i'r ffycin Sue yna nad oedd hi'n mynd i ildio. Rhaid bod yna ffordd allan o'r felltith yma, beth bynnag oedd yr hen hwch 'na'n ei ddweud. Dychwelodd menyw'r caffi'n cario'r sos brown, llithrodd ar y saim, a heb edrych arni'r tro hwn, estynnodd Erin ei llaw allan a dal y botel sos brown wrth iddi gwympo o law Mrs Brian May.

'Good catch, luv!'

Syllodd Morgan yn gegagored arni a gwenodd Erin, yn teimlo'n llawer mwy positif nawr ei bod hi wedi cael ei ffordd am y parti.

'Mae'n ddrwg 'da fi dy fod ti'n sâl ar dy ben-blwydd.' Cydymdeimlodd Morgan â hi wrth iddyn nhw orwedd yn y gwely'r noson honno. Roedd hi dal i ffugio salwch, felly doedd dim modd iddyn nhw gael rhyw. Ond hefyd, yn bwysicach, doedd dim modd cael cacen chwaith. Roedd e wedi rhoi ei cherdyn pen-blwydd iddi ond wedi mynnu cadw ei hanrheg – gwyddai'n iawn mai blwmin modrwy ei fam-gu fyddai honno – nes eu bod yn aildrefnu'r parti.

'Wel, does dim byd allwn ni ei wneud. Byg neu rywbeth yw e, mae'n rhaid. Sori 'mod i wedi sbwylo dy noson di hefyd,' sibrydodd Erin gan roi ei breichiau amdano.

'Wy'n joio'r noson yn iawn.' Cododd Morgan ei ael yn awgrymog fel Roger Moore a symud tuag ati i'w chusanu.

'Na! Dim cusanu!' chwarddodd Erin a'i wthio ymaith. 'Dwi ddim ishe i ti ddal unrhyw beth!'

O! Roedd hi'n boenus gorfod ei wthio fe ymaith. Roedd yr atynfa rywiol rhyngddyn nhw mor gryf ag erioed. 'O, wy'n barod i gymryd y risg!' gwenodd Morgan yn gellweirus.

'Na! Bydd yn fachgen da, plis.' Symudodd Erin yn ôl i'w chornel hi o'r gwely.

'O'r gorau,' cytunodd Morgan. 'Ti mor secsi ...'

'Hyd yn oed pan wy'n sâl?' Roedd hi wedi gwneud perfformiad swnllyd gynne yn yr ystafell ymolchi yn ffugio chwydu a doedd hynny ddim yn rhywiol o gwbl.

'Yn *enwedig* pan wyt ti'n sal.'

'Hmm ...'

'Un gusan fach? Pa ddrwg wneiff hynny? 'Wy bownd o'i ddal e, ta beth,' plediodd Morgan, a'i lygaid brown yn ymbil fel ci Labrador yn gofyn am damaid i'w fwyta. 'Na!'

'Ocê, ocê. Fe af i i gael cawod oer yn lle hynny 'te.'

Chwarddodd Erin wrth iddi ei wylio'n codi'n anfodlon a llusgo'i draed yn ddramatig allan o'r ystafell wely. Ond dychwelodd y meddyliau tywyll ar ôl iddo adael yr ystafell. Roedd Morgan yn dal yn bendant ei fod e eisiau parti o ryw fath. Sut allai hi wneud yn siŵr nad oedd hi'n cael y parti yma, byth? A allai ddweud rhyw gelwydd fod ei mam-gu wedi cwympo'n farw mewn parti pen-blwydd gafodd hi pan oedd hi'n blentyn, ac ers hynny doedd hi erioed wedi gallu goddef partïon? Roedd e'n esgus digon rhyfedd i fod yn rheswm go iawn. Ymestynnodd ei chorff fel cath a setlo yn erbyn y gobennydd. Roedd hi'n flinedig iawn ar ôl drama'r noson flaenorol. Fe wnâi hi gau ei llygaid am eiliad neu ddwy a chael napyn bach sydyn ...

'Time is on my side, yes it is …'

Beth yffarn? Cododd Erin ei phen yn araf oddi ar y gobennydd a syllu ar y cloc radio oedd yn canu'r blydi gân yna eto. Deg o'r gloch y nos … Doedd hi ddim yn Groundhog Day eto? Roedd hi wedi bod yn cysgu am ryw ddwy awr. Trodd i edrych i weld ble oedd Morgan ond doedd e ddim yn y gwely. Efallai ei fod e'n gwylio'r teledu i lawr grisiau rhag ei deffro hi. Cydiodd yn ei gŵn wisgo a gwisgo'i sliperi Chewbacca am ei thraed: rhodd gan Morgan wedi iddyn nhw gael y ddadl am *Star Wars* ac *Indiana Jones* yn y sinema ar un o'u dêts cyntaf. Gwenodd wrth gofio'r dêt. Yn bendant, roedd Morgan yn werth yr holl drwbwl gwallgof yma. Roedd hi'n ffyddiog y tro hwn ei bod hi wedi chwalu'r felltith. Cerddodd i lawr y grisiau, doedd neb yn yr ystafell fyw. Ble roedd e? Oedd e wedi mynd allan? Na, roedd ei allweddi'n dal ar y bwrdd coffi a'i got ddenim yn hongian wrth y drws fel arfer. Doedd e ddim yn y gawod o hyd, oedd e? Dechreuodd yr ofn raeadru drwy ei chorff fel dŵr oer. Na, ddim eto …

'Morgan!' Ceisiodd gadw'i llais yn ysgafn. Dim ateb. 'Mor-gan!' Craciodd ei llais y tro hwn. Ond roedd y tŷ yn ddistaw fel y bedd.

Rhedodd Erin i fyny'r grisiau, ddau ar y tro, a rhuthro i mewn i'r ystafell ymolchi. Yno roedd Morgan yn gorwedd yn y bath, ei wyneb a'i wallt yn waedlyd ac archoll dywyll, amlwg, lle roedd wedi taro'i ben. Edrychai ei lygaid du yn wag ac roedd ei ddwylo'n hongian dros ymyl y bath yn llipa fel pyped. Roedd dŵr y gawod yn dal i bistyllu drosto'n ddidrugaredd.

'Naaaaa!' Clywodd sgrech fain o rywle, y sgrech yna roedd hi'n gyfarwydd â'i chlywed erbyn hyn, a sylweddoli mai o'i cheg ei hun y daethai'r sŵn. Chwiliodd am ei bwls yn ffwndrus. Teimlai ei groen yn gynnes o hyd. Efallai ei fod wedi cael *concussion* neu rywbeth, meddyliodd. Ai cyd-ddigwyddiad oedd e? Ei fod wedi cael damwain, ond nid un angheuol? Rhoddodd ei phen yn erbyn ei fynwes rhag ofn. Doedd dim curiad calon. Gwyddai nad oedd pwynt ffonio am ambiwlans. Doedd dim pwynt gwneud dim byd nawr, dim ond aros tan y bore a gwawrio'r un hen ddiwrnod ofnadwy eto. Aeth i'r ystafell wely i nôl ei phecyn sigaréts a'i thaniwr, a dychwelyd i'r ystafell ymolchi. Eisteddodd ar sêt y tŷ bach a chynnau sigarét. Beth oedd pwynt hyn i gyd? Pam roedd hi'n cael ei phoenydio fel hyn? Ai dyna oedd yn digwydd i bawb oedd yn lladd eu hunain? Cosb eithafol am ddinistrio'r rhodd o fywyd gan y 'pwerau mawrion'? Purdan am byth? Beth ddywedodd Sue wrthi yn y dafarn – ei bod hi wedi gwneud ei dewis?

Safodd Erin ar ei thraed. Y tro hwn byddai'r bitsh Sue 'na'n rhoi atebion iddi.

Erbyn iddi gyrraedd y dafarn, roedd hi'n *last orders*. Roedd hi wedi tynnu pâr o jins a chrys T amdani'n gyflym ac wedi gwisgo cot ddenim Morgan, oedd yn llawer rhy fawr iddi. A gallai weld ambell un yn y dafarn yn edrych arni'n rhyfedd. Rhaid bod golwg arni gan nad oedd hi wedi trafferthu i frwshio'i gwallt na thwtio'i hun, cymaint oedd ei brys i ddal Sue cyn iddi gloi'r drysau. Canai 'Come on Eileen' fel arfer ar y jiwc-bocs. Roedd hi'n casáu'r ffycin gân 'na a'r prif ganwr a'i ddyngarîs cachu a'i het a'i sgarff stiwpid, ond ddim cymaint ag yr oedd hi'n casáu Sue. Gwasgodd Erin garn y gyllell oedd yn ei phoced. Roedd hi wedi'i nôl hi o'r gegin am ryw reswm. Wel, roedd angen arf arni gan fod Sue yn amlwg yn fenyw beryglus. Tybed a fyddai lladd Sue yn chwalu'r felltith? Dim ots, byddai'n bleser gweld y gwaed yn ffrydio o wddf rhychlyd yr hwch, 'ta beth. Synnodd ei bod hi'n dechrau meddwl yn ddifrifol am lofruddiaeth. Ond wedyn, yn y byd gwyrdroëdig hwn, ai llofruddiaeth oedd e mewn gwirionedd?

'JD a Coke plis Sue. Dwbwl,' meddai Erin â gwên gwbl ffuantus ar ei hwyneb, ei llygaid mor oer ag iâ wrth iddi daro'r arian ar y cownter.

'Dim parti heno, Erin?' crechwenodd Sue a thywallt ei diod iddi.

'Na, ddim heno, Sue. 'Wy ishe siarad 'da ti am hwnna. Oes rhywle preifat y gallwn ni fynd neu wyt ti ishe i ni siarad fan hyn o flaen pawb?' Cleciodd Erin ei diod yn un llowciad a rhoi'r gwydr yn ôl ar y cownter drachefn.

'Pum munud,' hisiodd Sue wrth godi ochr y bar iddi a gwneud stumiau arni i'w dilyn.

Unwaith yr oedden nhw yn y cyntedd y tu ôl i'r bar ac ymhell o olwg y pyntars, gwthiodd Erin y fenyw lan yn erbyn y wal â'i holl nerth. Tynnodd y gyllell allan o'i phoced a'i dal yn agos at wddf Sue nes bod y min yn crafu ei chroen ychydig ac yn tynnu diferyn o waed.

''Wy wedi cyrraedd pen fy nhennyn, Sue. 'Wy ishe atebion wrthot ti. Sut alla i stopio hyn?'

'Dwi wedi dweud wrthot ti. 'Sdim modd i ti ei stopio fe, Erin. Dyma beth ddewisest ti pan laddest ti dy hunan. Does dim ffordd allan o hyn tra bo' ti 'da Morgan.'

Tynnodd Erin y gyllell yn ôl ychydig. 'Beth? Tra 'mod i 'da Morgan? Felly, os adawa i Morgan, fydd e ddim yn marw?'

'Wedes i mo hynny,' atebodd Sue yn hamddenol.

'Beth 'te, yr ast? Gwed wrtha i nawr, neu wy'n addo fe rwyga i'r pen perocseid 'ma oddi ar dy wddw cyn bo' ti'n gallu meddwl yn streit!'

'Hmmm. Ti wedi ffeindio pâr o geillie yn rhywle, wyt ti? Bydd Morgan yn dal i farw achos dyna beth sydd i fod i ddigwydd iddo fe – yn y byd arall ac yn y byd hwn. Fe benderfynest ti ymuno 'da fe, a nawr rwyt ti'n rhan o'i stori fe. Ond os nad wyt ti ishe gweld hyn yn digwydd iddo fe, wel, fe alli di ei adael e.'

'Ond be sy'n digwydd wedyn? Ydw i'n dal i orfod ail-fyw'r un diwrnod erchyll yma dro ar ôl tro?'

'Wel, dyna beth yw purdan, Erin,' gwenodd Sue'n felys. 'Reit, os galla i fynd 'nôl i'r bar, mae'n amser cau.'

'Ti'n ddiafol o fenyw,' hisiodd Erin arni. 'A shwd alla i gredu gair ti'n ei weud? Ti yw'r unig un sy'n gwybod am hyn heblaw amdana i, Sue. Os ca i wared ohonot ti, falle wneith hynny newid pethe.'

'Hyd yn oed os wyt ti'n fy lladd i heddi, fe fydda i 'nôl 'ma fory,' murmurodd Sue fel canu grwndi ffiaidd.

'Wel, fe fyddet ti'n dweud hynny, 'ta beth,' ebychodd Erin. A chyn iddi wybod beth roedd hi'n ei wneud, roedd ei llaw yn symud fel petai'n annibynnol i'r gweddill ohoni, a chydag un symudiad pendant torrodd wddf Sue nes bod y gwaed yn ffrydio'n rhwydd allan o wythiennau ei gwddf. Cydiodd ewinedd hir, ffals Sue yn ei chot wrth iddi grafangu am Erin, yna syrthiodd i'r llawr yn un swp synthetig. Syllodd Erin ar y corff am rai eiliadau wedi'i pharlysu gyda sioc. Ond yna, clywodd leisiau'n mwmial o'r bar. *Shit*! Byddai rhywun yn siŵr o ddod i chwilio am y dafarnwraig cyn bo hir. Defnyddiodd ochr sgert Sue i sychu'r gwaed oddi ar y gyllell cyn ei thaflu i ffwrdd; glaniodd wrth ochr y corff â sŵn clindarddach. Yna heglodd Erin hi tuag at y drws cefn, a diolchodd nad oedd ar glo. Rhedodd allan i'r tywyllwch.

Pennod 16

'Time is on my side, yes it is ...'

Deffrodd Erin yn anfoddog o'i thrwmgwsg, a gallai deimlo corff Morgan yn ei hymyl fel arfer. Doedd e ddim yn gorwedd yn y gawod a'i ben yn waed i gyd. Ond erbyn diwedd y dydd, byddai e wedi marw drwy ryw ddamwain rhyfedd arall. Wedi'r cwbl, doedd ddim wedi cael ei drydanu gan y tegell eto na'i daro gan fellten. Gallai darn o goncrit gwympo ar ei ben e neu gi rheibus ei gnoi i farwolaeth. Roedd yna gymaint o ffyrdd i farw – roedd pobol oedd yn cyrraedd eu hwythdegau heb gael eu lladd yn haeddu medal.

A doedd lladd Sue yn amlwg ddim wedi newid dim byd. Roedd hi'n styc. Ond roedd un peth ar ôl iddi roi cynnig arno. Yr unig beth nad oedd hi wedi'i wneud oedd lladd ei hun – eto. O leia wedyn fyddai hi ddim yn gorfod gweld Morgan yn marw o flaen ei llygaid unwaith yn rhagor. A gobeithio y byddai hynny'n ddigon i'w gwthio hi allan o'r purdan yma ac ymlaen i ble bynnag roedd hi i fod i fynd nesaf – uffern ... nefoedd ... dim byd ... Doedd Erin ddim yn becso rhagor, roedd hi jyst eisiau dianc o'r diwrnod tragwyddol erchyll hwn. Ond sut a ble ddylai hi gyflawni'r weithred? Doedd hi ddim eisiau i Morgan ffeindio'i chorff hi.

Gallai adael iddo fynd i'r Embassy am ei frecwast ar ei ben ei hunan ac yna byddai amser ganddi i wneud yr hyn oedd ei angen. Âi ar hyd llwybr Trywydd y Taf a dod o hyd i goedwig er mwyn crogi ei hunan. Ond sut oeddech chi'n crogi eich hun? Coeden a chortyn? Oedd cortyn ganddi'n gyfleus? Falle byddai'n haws yfed *weedkiller* neu rywbeth tocsig?

'Mmm ... Pen-blwydd hapus i ti, 'nghariad i,' sibrydodd Morgan yn ei chlust yn gysglyd.

Gwenodd Erin wên wag a rhoi ei breichiau amdano. Dyma'r tro olaf y byddai'n gwneud hyn, gobeithio.

'Diolch, cariad. Dwi ddim ishe ffws, cofia.'

'Ddim ishe ffws? Wel, mae'n ddrwg gen i ond does dim dewis 'da ti. Mae heddi'n ddiwrnod arbennig, dy ben-blwydd di, ac mae noson allan fythgofiadwy wedi'i threfnu ar dy gyfer di!' Cusanodd hi'n nwydus a dechreuodd y ddau garu. Dyma'r tro olaf y byddai hi'n cael rhyw gydag e a doedd dim byd am sbwylio'r foment i Erin.

'Wy'n dy garu di, Morgan. Paid byth ag anghofio hynny.'

Llwyddodd i gael gwared o Morgan gan ddefnyddio'r esgus ei bod hi'n gorfod cael ei gwallt wedi'i wneud ar gyfer y parti heno. Dywedodd y byddai'n cwrdd ag e yn yr Eagle yn nes ymlaen ar gyfer y parti. Ond wrth gwrs, erbyn hynny, byddai hi wedi marw. Ysgrifennodd lythyr ato fe a'i adael ar ei obennydd. Roedd hi wedi penderfynu nad oedd pwynt dweud y gwir wrtho fe. Hyd yn oed pe byddai e'n credu ei stori hi, y peth diwethaf roedd hi eisiau oedd fod Morgan druan yn dod yn ymwybodol o'r ffaith ei fod e wedi marw ac yn styc mewn purdan yn ail-fyw ei farwolaeth drosodd a thro. Gwell iddo feddwl ei bod hi'n dioddef o iselder ac er ei bod hi'n ei garu e'n angerddol, ei bod hi'n methu dianc o dywyllwch ei hanobaith. Rhamantus a thrasig, meddyliodd.

Clodd ddrws cartref Morgan am y tro olaf, gobeithiai. Am ryw reswm, teimlai fod heddiw'n wahanol rywsut. Er ei bod wedi cael yr un sgwrs gyda Morgan am y parti, yn rhyfedd iawn roedd ei phenderfyniad i ladd ei hunan eto wedi rhoi rhyw deimlad positif iddi hefyd. Am y tro cyntaf ers tro, teimlai fod ganddi reolaeth dros ei ffawd ei hun. Roedd Sue wedi dweud bod Morgan i fod i farw, felly roedd hyn yn awgrymu nad oedd hi, Erin, i fod i farw pan wnaeth hi. Wel, wrth gwrs doedd hi ddim i fod i farw bryd hynny; hi ddewisodd gymryd y gorddos yna o dabledi. Ond pam roedd Morgan yn y purdan yma hefyd os oedd e i fod i farw? Beth oedd yn ei gadw fe rhag symud ymlaen, neu beth bynnag roedd y seicics yn ei alw fe? Ond doedd e ddim i fod i gael ei gosbi fel hithau, doedd bosib, achos doedd e ddim yn ymwybodol ei fod e'n byw yr un diwrnod erchyll yn dragwyddol. A pham roedd Lisa a Rhodri yma hefyd? Wedi'r cwbl roedden nhw wedi goroesi'r ddamwain ac yn fyw yn y byd arall yn 2012? Neu ai byd cwbl ddychmygol oedd y byd hwn, a'i bod hi mewn gwirionedd yn gorwedd mewn *coma* yn yr ysbyty neu'n pydru mewn bedd yn rhywle? Yn anffodus, doedd gan Erin ddim gradd PhD mewn diwinyddiaeth nag mewn athroniaeth, neu beth bynnag oedd gan y breinbocsys a fedrai ateb ei chwestiynau hi, i hyd yn oed ddechrau ar y broses o geisio rhesymu'r cyfan allan a gwyddai'n bendant na fyddai Sue yn cynnig unrhyw atebion synhwyrol. Byddai hi'n dal yn *pissed off* fod Erin wedi'i lladd hi y noson cynt, siŵr o fod.

Roedd afon Taf yn brydferth iawn heddiw – y coed yn blaguro o'i chwmpas a'r gwylanod eger yn cecru dros dameidiau yn y llif. Roedd ambell i berson fan hyn a fan draw – rhai'n loncian, rhai'n cerdded eu cŵn. Nawr ei bod hi yma, doedd hi ddim yn meddwl y byddai'n ddigon dewr i grogi ei hun wedi'r cwbl. Penderfynodd y byddai boddi'n well. Taflu ei hun i'r llif a gadael iddo'i llyncu. Wel, roedd hi wedi boddi unwaith ta beth, y tro cyntaf y cawson nhw'r ddamwain yn car. Doedd hi ddim yn cofio rhyw lawer. Ond gwyddai y byddai'n siŵr o fod yn llawer haws a llai poenus na chrogi. Ond roedd yn rhaid iddi ffeindio llecyn digon tawel rhag iddi gael ei hachub gan ryw Samariad Trugarog. A nabod ei lwc hi, byddai'n gorfod mynd i'r blydi parti stiwpid 'na heno gyda *brace* am ei gwddf! Cerddodd ymlaen am ryw filltir arall, heibio i Erddi Sophia. Dechreuodd lawio, ac roedd Erin yn falch o hyn gan obeithio y byddai pawb yn mynd adre i gysgodi.

O'r diwedd cyrhaeddodd fan oedd yn ddigon anghysbell. Doedd neb o gwmpas; doedd dim angen oedi mwyach. Cydiodd mewn cerrig trymion o ymyl y llwybr gerllaw a'u stwffio i bocedi ei chot. Doedd hi ddim eisiau nofio ar wyneb y dŵr. Camodd yn nes at lan yr afon a thynnu anadl fawr. Roedd ei holl gorff yn crynu a'r cyfan yn teimlo'n ormod iddi, ond gwyddai Erin y byddai'n boddi mewn anobaith os na fyddai'n gwneud rhywbeth i ddatrys y sefyllfa erchyll hon unwaith ac am byth. Fedrai hi ddim byw'r bywyd hwn mwyach. Roedd yn *rhaid* iddi wneud hyn. Daeth darluniau o holl farwolaethau Morgan i'w phen fel sioe sleidiau erchyll – roedd yn ddigon i'w sbarduno i neidio. Plymiodd i ddyfnder llif cyflym afon Taf yn ddiolchgar.

4 Ebrill 2013

'Rhyw hanner awr arall? Wy'n gwybod, wy'n gwybod, ond fe fydda i 'nôl cyn y parti. Caru ti hefyd.' Gorffennodd Lisa'r alwad ffôn a gwenodd gan droi yn ôl at ei chyfrifiadur bach. Byddai hi a Rhodri'n dathlu eu priodas arian y noson honno. Roedden nhw wedi dewis y dyddiad y bu farw Morgan yn y ddamwain yn fwriadol fel dyddiad eu priodas chwe blynedd wedi'r drasiedi er mwyn iddyn nhw fedru cofio llawenydd yn eu bywydau hefyd ar y dyddiad hwnnw. Ond roedd hi'n nodi'r diwrnod bob blwyddyn ac yn cofáu Morgan drwy dreulio rhyw awr yn eistedd ar ei fainc yn y parc, fel y gwnaethai hi heddiw. Roedd hi'n teimlo llonyddwch yno bob amser er gwaetha'r bwrlwm dinesig o'i chwmpas. Gallai feddwl am ei brawd a chofio'i garedigrwydd, ei frwdfrydedd a'i onestrwydd.

Roedd y plac pres ar y fainc wedi colli'i sglein ychydig erbyn hyn a'r arysgrif arno yn dechrau pylu yn yr haul. Meddyliodd Lisa am y ferch oedd wedi ymweld â hi'r llynedd, y newyddiadurwraig fach ifanc yna oedd yn holi am y fainc ac am Morgan. Cafodd sioc pan welodd ei llun hi yn y *Glamorgan Mail*. Roedd wedi lladd ei hun, druan fach. Ar ôl meddwl, roedd hi yn ymddwyn ychydig yn od pan ddaeth hi i'w gweld, fel petai hi ar binnau ac yn llawn nerfau. Gorddos bwriadol o gyffuriau ac alcohol, yn ôl adroddiad y Crwner yn y papur. Roedd hi wedi meddwl anfon llythyr o gydymdeimlad at y teulu, ond dim ond unwaith wnaeth hi gyfarfod â'r groten, felly aeth y peth yn angof. A 'ta beth, bydden nhw'n bownd o feddwl ei bod hi'n rhyfedd yn anfon at deulu rhywun nad oedd hi'n ei hadnabod. Roedd hi'n cofio pan oedd hi'n galaru am Morgan, fod y llif o gydymdeimlad yn gallu bod yn ormesol ac nid yn gysur.

Agorodd y storfa luniau ar ei chyfrifiadur. Roedd hi wedi paratoi sioe sleidiau arbennig i Rhodri ar gyfer eu parti priodas arian y noson honno: lluniau o'u dyddiau coleg, eu gwyliau gyda'r plant, eu mis mêl – holl gerrig milltir eu bywyd gyda'i gilydd. Wrth gwrs, roedd lluniau o Morgan yn frith drwy'r casgliad. Roedd e'n dal i fod yn rhan o'r teulu er ei fod wedi'u gadael ers tri degawd a mwy erbyn hyn. Enw eu merch hynaf oedd Morgan. Teimlai Rhodri a hithau y byddai braidd yn *creepy* rhoi enw'i brawd i'w mab, Gwern, a doedd hi ddim eisiau iddo fe dyfu i fyny yng nghysgod ei ewythr disglair.

Edrychodd eto ar y llun ohonynt a dynnwyd yn yr Eagle ar noson y ddamwain. Syllodd eto, a methu credu ei llygaid. Beth ddiawl oedd yn mynd ymlaen? Yno, yn eu canol, safai Erin, y newyddiadurwraig ddaeth i'w gweld; roedd hi yn y llun gyda hi, Lisa, Morgan a Rhodri! Trodd ei golygon i ffwrdd am eiliad ac edrych eto rhag ofn fod ei llygaid yn ei thwyllo. Na, dyna lle roedd hi a Rhodri a Morgan yn gwenu ac yn dal eu gwydrau llawn i'r camera a dyna lle roedd Erin, yn eu hymyl. Ond, yn wahanol iddyn nhw'u tri, roedd wyneb Erin wedi'i anffurfio gan boen, ei cheg ychydig ar agor wedi'i fferru mewn gwaedd ofnadwy, yn union fel wyneb y dyn yn llun enwog Munch, *Y Sgrech*. Ond sut allai hyn fod yn bosibl? Oedd hi'n colli ei synhwyrau? Caeodd Lisa'r cyfrifiadur yn gyflym a'i daflu i mewn i'w bag, a rhedodd o'r parc fel petai'r cythraul ei hun yn ei herlid.

'Diolch am ddod, Wil. Wy'n gwybod ei bod hi'n anodd i ti.' Safai Carys yn lletchwith ym Mharc yr Amgueddfa yn dal tusw o flodau *gerbera* oren, hoff flodau Erin.

'Mae'n anodd i ni'n dau,' atebodd Wil, gan osod ei flodau yntau, lilis gwynion, ar y fainc yn ofalus. Darllenodd y plac pres:

Er cof am Erin Williams 1984-2012
Merch a ffrind annwyl
Cwsg yn dawel.

'Mae'r fainc yn neis iawn. Mae'r lliw ar y gwaith metel yn berffaith: gwyrddlas, perffaith.'

'Wel, ddylai fod. Fe gostiodd hi wyth can punt, yn ôl mam Erin,' cytunodd Wil.

'Dyna'r Cyngor i ti. Gwasgu arian o'r byw a'r marw.'

'Ie, wel, maen nhw'n gorfod ei chadw hi'n lân a'i phaentio hi bob nawr ac yn y man, sbo.' Roedd yna ddistawrwydd lletchwith wrth i'r ddau geisio meddwl am rywbeth i'w ddweud.

'Ydyw hi'n iawn ein bod hi'n eistedd arni, ti'n meddwl?' holodd Wil ymhen ychydig.

'Wel, mainc yw hi, felly wy'n meddwl y byddwn ni'n iawn,' chwarddodd Carys.

Eisteddodd y ddau arni. 'Mae'n neis bod y fainc 'ma i bobol ei chofio hi,' barnodd Wil a chynnau sigarét. Ers i Erin farw, roedd e wedi dechrau smygu. Roedd e'n gwneud iddo deimlo'n agosach ati rywffordd. Ffôl, ond fel 'na roedd e'n teimlo. Cynigiodd sigarét i Carys ond gwrthododd hithau'r cynnig.

''Wy wedi rhoi fyny. Wy'n *addicted* i rein nawr,' a thynnodd sigarét electronig o'i bag a dechrau smygu honno.

'Ti sy'n gall,' atebodd Wil gan sugno'n feddylgar ar ei ffag.

'Wy'n methu credu bod chwe mis wedi mynd heibio'n barod ers i ni ei cholli hi, Wil.'

'Tasen i ond wedi mynd rownd y noson honno ...' meddai, ei lais yn cracio gan emosiwn.

Gafaelodd Carys yn ei law a'i gwasgu. "Wy wedi meddwl hynny'n hunan droeon hefyd. Ond dyw beio'n hunen ddim yn mynd i newid dim. O'dd hi'n dost iawn yn feddyliol, Wil. Mae'n rhaid i ni symud mlân. Fydd gweld bai ddim yn helpu neb. A bydde Erin ishe i ni joio'n bywydau. Mae'n *cliché* ond mae'n wir.'

'Mae *clichés* wastad yn wir.'

Edrychodd Carys arno a sylwi ar ei freichiau cyhyrog a'i wyneb golygus. Roedd y galar wedi'i drawsffurfio rywffordd. Roedd fel pe bai e wedi aeddfedu dros nos. Ac roedd e'n foi sensitif ac ystyrlon; nid yr idiot rygbi difaners roedd hi'n meddwl oedd e pan oedd e'n mynd mas gydag Erin. 'Gwranda, ti ishe mynd am ddrinc neu rywbeth? Dim ond os oes amser 'da ti. Gallwn ni fynd i Henry's am un neu ddau os licet ti.'

Trodd Wil i edrych arni a sylweddolodd am y tro cyntaf fod ganddi lygaid tywyll eithriadol o brydferth; roedden nhw'n gynnes ac yn ddidwyll. Sut nad oedd e wedi sylwi bod Carys yn groten eithriadol o bert o'r blaen? Roedd hi wastad wedi bod yn ddraenen yn ei ystlys pan oedd e'n mynd mas gydag Erin. 'Ie, pam lai? Ond fi sy'n prynu'r rownd gynta.'

Cododd y ddau yr un pryd a cherdded tuag at ganol y ddinas yn hamddenol.

Gwyliodd Mared y cwpwl ifanc yn chwerthin yn dawel gyda'i gilydd wrth iddyn nhw godi o'r fainc gyferbyn. Roedden nhw wedi tynnu ei sylw hi gan eu bod nhw'n cario tusw o flodau yr un ac wedi'u gosod nhw'n ofalus ar y fainc. Yn amlwg, roedden nhw wedi colli rhywun annwyl a theyrnged i'r person hwnnw oedd y fainc. Edrychai'n go debyg y byddai'r ddau'n datblygu perthynas ramantus eu hunain cyn bo hir, o weld yr edrychiadau bach swil roedden nhw'n eu rhoi i'w gilydd wrth siarad. Ddylen nhw ddim trafferthu, meddyliodd; roedd bod mewn perthynas yn wast o amser achos roeddech chi wastad yn cael eich brifo yn y diwedd. Gwyddai hi hynny'n well nag unrhyw un.

Roedd hi wedi cael noson waethaf ei bywyd neithiwr, ar ôl iddi ddarganfod llwyth o negeseuon testun oddi wrth ryw ferch o'r enw Sali ar ffôn symudol Dafydd, ei chariad ers dwy flynedd:

> Ti'n gallu dod
> draw heno, secsi?
> Gwed wrthi bo
> ti'n gweithio'n
> hwyr.

Dyna oedd un o'r negeseuon mwyaf diniwed. Roedd y slwten hyd yn oed wedi danfon lluniau o'i bronnau ato fe! *Tits* mawr gwyn, gwythiennog, comon, mewn bra du lês, rhad o Primark neu rywle tsiep. Y ffycin bastard mochynnaidd! Doedd e ddim wedi ceisio palu ei ffordd mas o drwbl chwaith pan daflodd hi'r ffôn symudol ato fe yn ei thymer.

"Wy wedi bod ishe dweud y gwir wrthot ti ers sbel. 'Wy mewn cariad 'da Sali.'

Beth? Pam ffwc roedd e'n dal i gysgu gyda hi 'te, ac yn siarad am fynd ar wyliau gyda'i gilydd i Baris a phopeth? Eniwei, doedd Mared ddim am wastraffu munud arall yn meddwl am y twat yna. Roedd yn rhaid iddi symud ymlaen.

'Oes ots 'da chi 'mod i'n eistedd lawr am funud, cariad? Ma'r hen goesau yma'n flinedig iawn.'

O blydi hel, beth oedd hi heddiw, diwrnod pensiwn neu beth? Roedd yr hen bobol mas yn eu niferoedd, yn gwmws fel gwybed! Teimlodd yn euog ei bod hi'n meddwl fel hyn wrth iddi gofio'i thad-cu caredig. Gwenodd ar yr hen wraig yn siriol a dweud yn serchog, 'Na, dim problem. Steddwch.' Trodd at ei ffôn symudol yn syth ac edrych ar Instagram gan obeithio na fyddai'r hen wraig yn siarad mwy. Ond roedd hi'n amlwg yn ffansïo sgwrs heddiw.

'Diwrnod braf heddi on'd yw hi, 'mach i? Yr haf wedi cyrraedd yn gynnar, er ma 'na frathiad yn yr awel o hyd.' Gwenodd yr hen wraig ar Mared a setlo'n iawn ar y fainc gan dynnu ei sgarff patrwm llewpart yn dynn am ei gwddf.

'Ydy, mae'n hyfryd.' Trodd hi 'nôl at ei ffôn drachefn. Reit, roedd hi wedi siarad ychydig gyda hi; falle byddai'n cael llonydd nawr. Ond na, roedd yr hen wraig yn dal i siarad.

''Wy wrth fy modd gyda'r parc 'ma. Mae'r blodau mor hyfryd, yn enwedig y *geraniums*. Trueni bo' nhw ddim yn byw am fwy nag un tymor,' meddai hi'n athronyddol a thynnu bagiad o loshin Mintoes o'i bag. Cynigiodd loshinen i Mared a dderbyniodd hithau un yn lletchwith.

''Wy wastad yn meddwl am hanes y pwr-dabs sydd â'u henwau ar y meinciau 'ma,' aeth yr hen wraig